吉原《なか》と外

中島 要《かなめ》

祥伝社文庫

目次

その一　疑心暗鬼《ぎしんあんき》を生ず

一

今日から浅草唯念寺《あさくさゆいねんじ》において、下野高田山如来《しもつけたかださんにょらい》の出開帳《でがいちょう》が始まった。かの親鸞聖人《しんらんしょうにん》ゆかりの秘仏を江戸に居ながら拝《おが》めるとあって、広い境内《けいだい》は多くの人々でにぎわっている。お照《てる》は果てしなく続く行列にうんざりしながら、はるかかなたの天を仰《あお》いだ。

弥生《やよい》十三日の空は青く澄《す》み、すでに桜は満開だ。これから日が高くなれば、着ている綿入れも汗ばんでくるに違いない。こんな絶好の遊山日和《ゆさんびより》に、あとどのくらいこの場所に縫《ぬ》い留《と》められているのやら。

甚《はなは》だ面白くないけれど、ここには元花魁《おいらん》、美晴《みはる》の望みで訪《おとず》れている。ひとり勝手に離れるわけにもいかなくて、お照は傍《かたわ》らの主人《あるじ》をうかがった。

白粉《おしろい》いらずの白い肌に、形のいい切れ長の目は目尻《めじり》がわずかに上がっている。筋の通った高い鼻は二つの穴さえ品がよく、右の目尻にある泣き黒子《ぼくろ》が危《あや》うい色気を添《そ》えている。紅《べに》を引いた唇はもの言いたげな風情《ふぜい》があり、女の自分でも見とれるような極《きわ》めつけの美しさだ。

そんな美人が鴇色《ときいろ》の地に枝垂《しだ》れ桜の描かれた京友禅《ゆうぜん》の振袖《ふりそで》を着て、髪を潰《つぶ》し島田《しまだ》に結《ゆ》っている。おかげで、この場にいる男たちの目はすべて美晴に釘付けだ。お照が秘仏を守る仁王《におう》のごとく睨《にら》みを利《き》かせていなければ、砂糖に群がる蟻《あり》のように我先に寄ってくるだろう。

もっと目立たない恰好《かっこう》をしてくれりゃ、横で目を吊り上げていなくてもすんだのに。こっちがそばから離れた隙《すき》に、寄ってきた男たちを捕《つか》まえて「室町《むろまち》の呉服商、砧屋喜三郎《きぬたやきさぶろう》の世話になっておりんす」なんて打《う》ち明けられたら大事《おおごと》だよ。お照は吉原《よしわら》上がりの口と尻の軽い女の見張り役——それが自分の仕事である。暖かな日和のせいで、緩《ゆる》みかけた気を引きしめ直した。

女は髪と着物を見れば、置かれた立場がおおよそわかる。嫁入り前の娘は島田を結い、亭主持ちは丸髷《まるまげ》を結う。妾《めかけ》は丸髷によく似た三《み》ツ輪《わ》か、長船《おさふね》を結うことが多かった。

美晴はまだ十八とはいえ、砧屋喜三郎の囲われ者だ。本来ならば目立たぬ色の小袖《こそで》を着て、三ツ輪を結うのが筋だろう。派手な振袖を身にまとい、人前に出るなんて考えられないことだった。

さんざん男と寝ておいて、生娘《きむすめ》の晴れ着なんてよく着られるよ。さすがは吉《な》原《か》で育った女郎《じょろう》上がり、面《つら》の皮は千枚張りだね。

きっと周囲の男たちは、美晴を大店《おおだな》の箱入り娘と勘違《かんちが》いしているに違いない。

こんな恰好で表を歩く美晴もどうかしているが、妾に強請《ねだ》られるまま振袖を誂《あつら》えた喜三郎だっておかしいだろう。

いくら似合うと言ったって、何を着てもいいわけじゃない。旦那もいい歳《とし》をして何を考えていなさるんだか。おかげで、こっちはいい迷惑だ。

お照は会ったことのない雇《やと》い主に腹の中で文句を言った。

喜三郎は砧屋の主人と言っても、元は小商《こあきな》いの三男にして奉公人上がりの婿《むこ》養子《ようし》だ。先代の急死に伴《ともな》って二十八で店を継《つ》いだものの、現在《いま》も妻であるお涼《りょう》に頭が上がらない。

果たしてその反動なのか、去年齢《よわい》三十八にして吉原は江戸町《えどちょう》一丁目三国屋《みくにや》抱《かか》えの花魁だった十七の美晴に一目惚《ぼ》れ。以来、妻の目を盗んでの吉原通いが始まって、誰よりも慌《あわ》てたのが通い番頭《ばんとう》の卯平《うへい》だった。

卯平は喜三郎が手代《てだい》だった頃からの兄貴分で、弟分の出世のおかげでいい思いをしてきたらしい。血迷った主人の目を覚まそうと、あれこれ手を尽《つ》くしたようだ。

しかし、大人になってからの麻疹《はしか》と恋はこじれやすい。卯平の苦労の甲斐《かい》もなく、喜三郎はますます美晴にのめり込む。とうとう卯平は弟分の説得をあきらめて、「お店大事《たなだいじ》」の大番頭を味方に引き入れることにした。

大番頭にとって大事なのは、砧屋の暖簾《のれん》とお涼である。

婿の吉原通いは許しがたいが、喜三郎が店を継いで身代《しんだい》はより大きくなった。何より、お涼はいまも喜三郎に惚れている。その証拠に「子ができないから」と陰《かげ》で他の男を勧《すす》められても、ずっと撥《は》ねつけてきたのである。

この一件が表沙汰《おもてざた》になってしまえば、恥をかくのはお涼のほうだ。また、喜三郎を追い出したら砧屋が傾《かたむ》きかねないと、大番頭の不安をあおった。

――ここは人の口に上《のぼ》る前に、美晴を身請《みう》けしてしまいましょう。長い目で見れば吉原通いより安くつくはずですし、世間と御新造《ごしんぞ》さんの目をごまかせます。旦那だって惚れた花魁を独《ひと》り占《じ》めにできるんです。いっそう商いに身が入り、美晴の身請け代くらいすぐに稼《かせ》ぐでしょう。

そんな話の裏で思わぬ迷惑をこうむったのが、卯平の義娘《むすめ》のお照である。小伝馬町《こでんまちょう》の牢屋敷にほど近い亀井町《かめいちょう》の妾宅《しょうたく》に住み、美晴の世話をすることになった。

かすさ。

――花魁なんてものは、華やかな吉原《なか》でこそ光り輝くもんなんだ。大門《おおもん》の外に出てしまえば、ありがたみもへったくれもありゃしねぇ。旦那もすぐに愛想《あいそ》を尽かすさ。

――とはいえ、向こうは煮ても焼いても食えねぇ女狐《めぎつね》だ。いつも誰かが見張ってねぇと、何をしでかすかわからねぇ。おまえは花魁より年上だし、どこの誰より信用できる。ここは親孝行をしてくれねぇか。

不仲の義父《ちち》から猫撫《な》で声で頼まれて、お照の背中は粟立《あわだ》った。

禿立《かむろだ》ちの花魁は幼い頃からあらゆる芸事を仕込まれる代わり、掃除、洗濯、炊事《すいじ》などは何ひとつできないという。

だが、お涼の手前、砧屋の奉公人を妾宅には回せない。そこで義娘《むすめ》にお鉢《はち》が回ってきたと知り、お照は義父の身勝手さに呆《あき》れてしまった。

卯平は三十四という若さで砧屋の通い番頭となり、料理屋で仲居《なかい》をしていたお照の母、お弓《ゆみ》を見初《みそ》めて一緒になった。当時二十九だった母は三年前に亭主を亡《な》くし、ひとりでお照を育てていた。

母には二度目の亭主でも、卯平にとっては初めてもらう嫁である。生《な》さぬ仲の娘は邪魔だと見えて、「味噌《みそ》醤油問屋《しょうゆどいや》の丸田屋《まるたや》に奉公しろ」と命じられた。

──十二なら、一人前に働いて当然だ。丸田屋は老舗《しにせ》だから、行儀作法も仕込んでくれるぞ。

頭ごなしに言われたとき、お照は思わず耳を疑った。母に「新しいおとっつぁんができたら、もっといい暮らしができる」と言い聞かされていたからだ。

しかし、ここで逆《さか》らえば、母がきっと困るだろう。子供ながらにそう考え、涙を呑《の》んで奉公に出た。

あれから十年も放っておいて、いまさら父親面なんて笑わせる。あたしがいつまでも言いなりになると思ったら大間違いだよ。

初めて顔を合わせたときは、母のために従った。

今度はきっぱり断ろうと口を開きかけたとき、

──おまえも明けて二十三になるんだってな。この仕事をやり遂《と》げてくれたら、おれがいい縁談を世話してやろう。

その言葉を聞いた刹那《せつな》、お照は返事を呑み込んだ。そしてさんざん迷った末に、妾宅の女中を引き受けたのだ。

美晴の世話をするにあたり、義父からしつこく言われたことは三つ。

──美晴が砧屋の妾だと周《まわ》りに知られないようにしろ。

「おまえがおれの義娘《むすめ》だと、美晴には知られるな。

——御新造さんの手前、旦那は足しげく通えない。身持ちの悪い吉原上がりが男を作ったら、すぐに知らせろ。

お照は去年の暮れに丸田屋から暇《ひま》を取り、正月七日を過ぎたところで美晴と顔を合わせることになった。

その日の美晴は黄八丈《きはちじよう》の小袖に黒の綸子《りんず》の帯を締め、素顔に紅だけ点《さ》していた。そんな飾《かざ》らない姿でも息を呑《の》むほど美しく、お照は目見えの挨拶《あいさつ》をしくじってしまったほどである。

ところが、相手はこちらに構わず、聞こえよがしな廓《くるわ》言葉で卯平とばかり話している。それがお照の癇《かん》に障《さわ》った。

遠からず喜三郎に捨てられたら、指をさして嗤《わら》ってやる。いい気になっていられるのもいまのうちだと思っていたら、

——あんたがお照で、あたしが美晴。何とも似合いの二人じゃないか。旦那はめったに来ないようだし、女同士仲良くやろうよ。

卯平が妾宅を去ったとたん、美晴は町娘のような口ぶりで明るく話しかけてきた。お照が目を白黒させると、大口を開けて笑われた。

――何をびっくりしてんのさ。女に媚《こ》びたところで一文《いちもん》にもならないだろう。「ありんす」はまだるっこしくて嫌いなんだよ。

男と女で態度を変える女はよくいるけれど、この違いは予想外だ。あまりに明《あ》け透《す》けな物言いにお照は毒気を抜かれてしまった。

こうして女二人の暮らしが始まると、美晴は意外にも「家事のやり方を教えてくれ」と言い出した。

――あたしだってこの先ずっと誰かの世話になれるとは限らない。お飯《まんま》くらい炊《た》けないと、いずれ困ったことになるじゃないか。

美晴ほどの美人でもそんな不安を抱《いだ》くのかと、お照は少々面食らった。

そもそも女の二人暮らしは、やるべき家事など知れている。

だが、それを美晴に手伝わせれば、こっちはもっと楽になる。お照はそう考えて一からやり方を教えてみたが、元花魁は目を覆《おお》うほど不器用だった。

包丁を握れば、青菜の代わりに白魚《しらうお》のような指を切り、米を研《と》げば、四方に米粒をまき散らかす。呆れて掃除を教えたところ、雑巾《ぞうきん》すらまともに絞れない。この調子では洗濯も無理だろうと、お照はすぐに見切りをつけた。

しかし、美晴は先々のことが心配なのか、できないことが癪《しゃく》なのか。しつこくお照に食い下がり、こっちの仕事の邪魔をする。そんな主人を持て余し、お照は大門の外を知らない相手を江戸見物に連れ出した。

人気役者の出る三座の芝居《しばい》や両国《りょうごく》、下谷《したや》広小路《ひろこうじ》の見世物巡り、両国橋から大《おお》川《かわ》を眺《なが》め、駿河町《するがちょう》で買い物をする。いずれも金と暇がないとできないことで、長年奉公をしていたお照も初めてのことが多かった。

丸田屋に住み込んでいたときは、寄り道もろくにできなかった。こんなふうに遊べるなら、妾宅の女中も悪くないね。

ひそかに喜ぶお照と違い、美晴はもともと吉原で遊び暮らしていた人だ。十日もすると物見遊山に飽《あ》きたようで、近所の野良猫を手懐《てなず》ける傍ら「寺参りをしたい」と言い出した。

――吉原《なか》にお稲荷《いなり》さんはあったけれど、あいにく寺がなくてねぇ。これからは仏に手を合わせ、後生《ごしょう》の無事を祈りたいのさ。

柄にもない申し出にいささか鼻白《はなじろ》んだが、奉公人に否《いな》やはない。ここ最近では鎌倉長勝寺《かまくらちょうしょうじ》のお祖師《そし》様を見に玉泉寺《ぎょくせんじ》へ行き、その前には回向院《えこういん》で、越後国《えちごのくに》乙《おつ》宝寺《ぼうじ》の大日如来《だいにちにょらい》を拝んできた。

世間では「地獄の沙汰も金次第《しだい》」と言うけれど、何しろ過去《いままで》が過去だ。近所の野良猫に餌《えさ》をやったり、寺参りに励んだくらいで、本当に功徳《くどく》が得られるのか。

お照が冷ややかに見つめていると、不意に美晴が振り向いた。

「何だい、さっきからもの言いたげにジロジロと。言いたいことがあるのなら、はっきり言えばいいじゃないか」

「……いえ、何でもありません」

一瞬ギクリとしたものの、お照は澄まして返事をする。すると、美晴は意地の悪い笑みを浮かべた。

「たとえ口に出さなくたって、あんたの胸の内はお見通しだよ」

「えっ」

「さっきからいまにも涎《よだれ》を垂らしそうな顔をして、屋台の団子《だんご》を見ていただろう。そんなに腹が減ったなら、買ってくればいいじゃないか」

「け、結構です」

五つも下の娘に容赦《ようしゃ》なくからかわれ、お照はむきになって言い返す。そこへ人相の悪い大柄の男が人をかき分け寄ってきた。

「おい、何を騒《さわ》いでいやがる」

言いざま懐《ふところ》の房《ふさ》なしの十手《じって》をちらつかされて、お照は即座に身構えた。

十手持ちは町方同心《まちかたどうしん》の手下《てした》だが、人の弱みに付け込んで強請《ゆす》るような輩《やから》も多い。目の前の男は人相からしてそういう手合いに違いない。お照は愛想笑いを浮かべて頭を下げた。

万が一にも、美晴の素性《すじょう》を嗅《か》ぎつけられるわけにはいかない。

「いつもご苦労様でございます。つい話に熱が入ってしまい、お騒がせをいたしました。ところで、町方の親分さんがどうしてこちらに」

寺社は寺社奉行の支配なので、支配違いではないか。痛いところを突いたつもりが、相手はまるで動じなかった。

「御開帳に集まるのは信心深い連中だけじゃねぇ。人混みにまぎれて悪さを働く罰《ばち》当たりもいるからな。俺たちは仏に代わって善男善女《ぜんなんぜんにょ》を守っているのよ」

十手持ちは得意げに言い、美晴に向かってせせら笑う。

「いくら見た目がきれいでも、育ちの悪さは隠せねぇ。男を騙《だま》すあばずれが生娘のふりとは片腹痛《いて》ぇや。さっさとここにいる理由《わけ》を白状しな」

いまの話の流れからして、美晴は美人局《つつもたせ》か何かと思われたのか。返事に困ったお照に代わり、美晴が一歩前に出る。

「善人《ぜんにん》なおもて往生《おうじょう》をとぐ。いわんや悪人をや」

「な、なんでぇ、いきなり妙なことを言い出しやがって」

「親鸞聖人さまのお言葉のひとつで、迷いの多い弱い者ほど仏の慈悲《じひ》で往生できるというありがたい教えでござんすよ。太一《たいち》親分のおっしゃる通り、わっちは罪深き身でござんすからね。仏の慈悲に縋《すが》ろうとお参りにきたのでありんすえ」

いきなり飛び出した廓言葉に、十手持ちは眉《まゆ》をひそめる。

「おい、俺が誰だか知ってんのか」

「もちろんざます。奥山《おくやま》の太一親分を知らない吉原《なか》の女はおりんせん」

「するってぇと、おめぇは」

「江戸町一丁目、三国屋抱えの美晴でありんす。いまは幸い身請けされて、大門の外で暮らしておりんす」

微笑《ほほえ》みを浮かべて名乗ったとたん、太一は舌打ちして踵《きびす》を返す。その背中が見えなくなると、お照は美晴に向き直った。

「美晴さん、いまのは誰ですか」

「奥山の太一って、十手を笠《かさ》に着た嫌な野郎さ。私娼《ししょう》の取り締まりには人一倍熱心で、やつに泣かされた吉原の女は多いんだよ」

深川《ふかがわ》や芝《しば》、音羽《おとわ》など、江戸には女郎買いのできる岡場所《おかばしょ》がいくつもある。

だが、公儀が認めた遊郭《ゆうかく》は吉原だけだ。岡場所の女郎はお上の気分次第で私娼として捕らえられ、吉原に払い下げられる。個人の私娼も同様で、太一は隠れ売女《ばいた》を捕らえては小遣《こづか》い稼ぎをしているそうだ。

「吉原の女郎は年季《ねん》が明けるまで大門の外に出られない。太一のせいで身内と離れ離れになり、病《やまい》の亭主や幼子《おさなご》を看取《みと》れなかった女は多いのさ」

大門の外でなら、女が身を売りながら亭主や子供の世話をできる。

ところが、四方を囲まれた吉原では、それができない。金だけ身内に届けたくとも、ままならないことが多いとか。

「あの男のことだ。あたしをうまくお縄にして吉原に売る気だったんだろう。外も油断がならないね」

美晴が早口で吐き捨てたとき、朝四ツ（午前十時）を告げる鐘が鳴り始めた。

二

梅雨《つゆ》が明けると、江戸は一気に蒸《む》し暑くなる。

畳に寝そべる美晴の浴衣《ゆかた》は衿《えり》がはだけてしまっている。あられもない寝姿は男にとっては眼福《がんぷく》だろう。

しかし、女のお照は目のやり場に困ってしまう。見て見ぬふりをしていると、美晴がうめくように言う。

「ああ、早く秋にならないかねぇ。お照、団扇《うちわ》であおいどくれ」

暑さはこれからが本番なのに、何を言っているんだか。お照は雑巾がけの手を止めて、美晴のほうに顔を向けた。

「見ての通り、あたしは掃除中です。美晴さんは両手が空《あ》いているんだし、自分であおげばいいでしょう」

奉公人にあるまじき物言いだが、この頃はすっかりこの調子だ。美晴と暮らして五月《いつつき》が過ぎ、互いに遠慮がなくなった。

「それとも、美晴さんが雑巾で縁側《えんがわ》を拭《ふ》いてくれますか。そんならあたしがすぐそばであおいで差し上げますけどね」

か弱い元花魁はいまも満足に雑巾が絞れない。お照が「憎い相手を思い浮かべて、思い切り絞れ」と教えても、とうとう上達しなかった。

ここぞと嫌みを返してやれば、美晴はしぶしぶ団扇を取る。

「あたしだってやる気になれば、掃除くらいできるって」

「はいはい、何とでも言ってください。ところで、十五日は回向院に行くんでしょう。いまからその調子で大丈夫ですか」

美晴の寺参りはいまも続いている。本所《ほんじょ》の回向院では明後日《あさって》から嵯峨清涼寺《さがせいりょうじ》釈迦如来像《しゃかにょらいぞう》の御開帳が始まるのだ。

「回向院の御開帳は、特に混み合いますからね。初日は避けたほうがいいんじゃないですか」

江戸っ子はみなせっかちなので、どこも初日が混雑する。親切のつもりで言ったのに、なぜか美晴に睨まれた。

「そんなにやる気のないことじゃ、仏の慈悲を得られないよ。それに明後日を避けて、いつ行くのさ。十八日は功徳日《くどくび》だから浅草寺《せんそうじ》に行かなくちゃ」

功徳日とは月に一度、「その日にお参りすると、特別御利益《ごりやく》がある」と定められた日のことだ。六月の功徳日は十八日で、この日にお参りすると四百日分の功徳があるとされている。

さらに毎月十八日は観世音菩薩《かんぜおんぼさつ》の縁日でもある。美晴がかくもありがたい日を見逃すはずはなかった。

「先の予定はいろいろ詰まっているんだから。この蒸し暑ささえ収まれば……ああ、今日明日にも一雨来ないかねぇ」

団扇片手にため息をつかれて、お照はぴしゃりと言い返す。

「涼しくなるのは構いませんが、今日の夕立は困ります」

「どうしてだい」

「今夜は旦那様がいらっしゃいます」

美晴はすっかり忘れていたのか、「そうだっけ」と首を傾《かし》げた。

「この暑いのに面倒だねぇ」

「そんなことばかり言っていて、旦那様に捨てられたって知りませんよ。ほら、さっさと湯屋《ゆうや》に行って、汗を流してきてください。あたしは旦那様が来る前に、出ていかないとまずいんですから」

めったに会うことができないせいか、喜三郎は妾宅で美晴と二人きりになりたがる。邪魔な女中は旦那がここに来る前に姿を消すことになっていた。

「美晴さんが湯屋から戻ってくる前に、掃除は終えておきますから。早くしないと、髪を結う暇がなくなりますよ」

「ふん、余計なお世話だよ」

「あたしは美晴さんの世話をするのが仕事ですから、余計な世話じゃありません。くれぐれもいまみたいなだらしない姿を旦那様には見せないでください」

でないと、卯平から何を言われるかわからない。そんな事情を知らない美晴は子供のように口を尖《とが》らせた。

「男と女のことなら、あたしのほうがはるかに詳しいんだよ。あんたに言われるまでもないって」

「でも、旦那様の機嫌を損《そこ》ねたら」

「二十三の売れ残りが賢《さか》しらに口を出しなさんな。他人《ひと》の心配をする前に、自分の心配をしたらどうだい」

面と向かって嘲《あざけ》られ、お照の頭に血が上る。

だが、ここで怒ってはいけないと、胸をさすってやり過ごす。そして、美晴が湯屋に行こうとしたとき、なぜか卯平がやってきた。

「美晴さん、すまないね。旦那様は知り合いに不幸があって、今夜は来られなくなったんだよ」

美晴は素早く猫を被《かぶ》り、さもがっかりしたような顔をする。

「あらまぁ、お会いできる日を指折り数えておりましたのに」

「旦那様も楽しみにしていたんだけれどね。今夜は我慢しておくれ」

「ええ、商いに義理が大事なことは、わっちもよくわかっておりんす。美晴はいつまでもお待ちしていると、よくよく伝えてくんなまし」

美晴は男を前にすると、言葉遣いだけでなく声音《こわね》や目つきもガラリと変わる。今日も卯平がいなくなると、憂《うれ》い顔を一変させた。

「ああ、よかった。今夜も手足を伸ばして寝られるよ」

「はいはい、よござんしたね」

喜ぶ美晴に相槌《あいづち》を打ちながら、お照は大きなため息をつく。

喜三郎のための掃除はもちろん、料理屋に頼んだ仕出し料理も無駄になった。我知らず肩を落としたら、美晴が急に手を打って「今夜は酒盛りをしよう」と言い出した。

「あんた、酒は飲めるんだろう。女同士でとことん飲もうじゃないか」

「い、いえ、あたしは結構です」

仲居だった母と違い、お照は酒を飲んだことがない。間髪《かんはつ》容《い》れず断れば、美晴はたちまち不機嫌になる。

「何だい、あたしとは飲めないって言うのかい」

「そういうわけじゃありませんけど」

五つも下の小娘に「酒を飲んだことがない」とは言いたくない。あいまいに言葉を濁《にご》したら、相手はにじり寄ってきた。

「あたしと酒を飲むために、吉原《なか》の客は小判を積んだんだ。せっかくの誘いを嫌がるなんて罰が当たるよ」

「お、男はそうかもしれませんけど」

「男も女も一緒だよ。それにこれから届く料理はどうするのさ。酒を飲まなきゃもったいないって」

「でも……」

「別に、無理に飲ませやしない。ひとりで飲むのは寂《さび》しいから、付き合ってくれと言ってんのさ」

そんなふうに言われれば、重ねて断ることはできない。その晩、お照は食べつけない料理を肴《さかな》に酒の相手をさせられた。

「へえ、あんたは味噌醤油問屋の丸田屋に十年も奉公していたのかい。あすこは男の奉公人が多いだろう。言い交わした相手のひとりや二人いないのかい」

「ええ、そう、そうです。あたしにだってぇ、ちゃあんと言い交わした男がいたんだから。あの女狐さえいなければ……ああ、もう悔しいっ」

慣れない酒を飲むうちに、心のたがが緩んでいく。いつしか美晴に乗せられて、お照は己《おのれ》の身の上を洗いざらいしゃべっていた。

丸田屋の跡取りである伊太郎《いたろう》はひとり息子で、それこそ風にも当てずに甘やかされて育てられた。そんなお坊ちゃんが自分の妻に望んだのは、器量自慢で知られた水茶屋の娘のお早紀《さき》である。

「あんな女、本当なら丸田屋に嫁《とつ》げるような生まれじゃない。旦那様と御新造さんは渋ったけど、若旦那に泣きつかれてさぁ」

まんまと玉《たま》の輿《こし》に乗ったお早紀はしおらしく振舞《ふるま》う一方で、若い男の奉公人に色目を使った。その中にお照と恋仲だった手代の新吉《しんきち》も含まれていた。

奉公人の色恋は、表向き禁じられている。

それでも、寝食を共にしていれば、男と女は惹《ひ》かれ合う。新吉とお照の仲は女中頭《がしら》や他の手代も知っていて、見て見ぬふりをしてくれた。

「それなのに、あの女狐が……味噌蔵で新吉さんに襲われかけたなんて、若旦那に嘘《うそ》をつきやがって……」

新吉は「若御新造に誘われた」と訴えたが、伊太郎は耳を貸さなかった。「二度と顔を見せるな」と怒鳴《どな》りつけ、その日のうちに追い出したのだ。

「お早紀さえ丸田屋に来なければ……あたしはくそ生意気な妾の世話なんて、死んでも引き受けなかったよっ」

「ふん、くそ生意気で悪かったね。そんなに惚れていたのなら、男を追いかければよかったのに。どうして丸田屋に残ったのさ」

お照は問いに答えることなく、勢いよく湯呑みの酒を干す。慣れない酒にむせていたら、美晴の赤い唇がいつもより大きな弧《こ》を描いた。

「さては、あんたも疑ったね？　自分の男がお早紀に手を出したと思ったんだろう」

その楽しげな口ぶりが気に入らなくて、お照は美晴を睨みつけた。

「だって女狐に声を掛けられるたび、あの人は顔を赤くしていたんだよ」

美人の若御新造に憧《あこが》れていることは、傍《はた》から見ても明らかだった。お早紀が新吉に襲われたと聞いたとき、「まさか」と「やっぱり」がせめぎあった。

ところが、それからしばらくして、お照は出合い茶屋の裏口からお早紀が出てくるのを見てしまった。

男連れではなかったけれど、出てきた場所が場所である。お照はお早紀の本性と新吉の無実を悟《さと》ったのだ。

「新吉さんはお早紀の誘いに乗らなかったから、あの女に濡《ぬ》れ衣《ぎぬ》を着せられたのさ。若旦那に告げ口されると困るから」

あのときどうして新吉を信じられなかったのか。お照は心底《しんそこ》後悔したが、すべては後の祭りである。お照は手酌《てじゃく》で酒を注《つ》ぎ、今度はむせずに飲み干した。

「あんたはそれを若旦那に言ったのかい」

「いいや、女中頭のお関《せき》さんに止められた。若旦那はお早紀にぞっこんだから、動かぬ証《あかし》のないことは、うかつに口にするなって」

お早紀が嘘だと言い張れば、あんたが嘘をついたことになる――もっともな忠告に、お照も思いとどまった。卯平から「妾宅の女中になれ」と命じられたのは、ちょうどそんなときだった。

「でなきゃ、誰が妾の世話なんて……。卯平のやつ、あたしを十年も厄介《やっかい》払いしておいて、いまさら父親面するなってんだ」

「へえ、あんたは砧屋の番頭さんの娘だったのかい」

「ああ、そうだよ。おっかさんがあいつと一緒になったせいで、住み込み奉公に出されたんだ。挙句《あげく》、吉原上がりの妾を押し付けられて……何が親孝行をしてくれだぁ。あたしはあんなやつをおとっつぁんと思ったことなんて一度もないよっ」

「そうかい、そりゃひどいねぇ。さあ、もっとお飲み」

「ああ、今夜はとことん飲んでやるぅ」

翌朝、お照は目覚めてすぐに吐き気を覚えた。

続いて昨夜のことを思い起こし、顔からさらに血の気が引く。

「ちょいと、今朝《けさ》はずいぶんゆっくりだねぇ」

そう言う美晴は二日酔いとは無縁らしい。涼しい顔で寄ってきて、「朝餉《あさげ》はまだかい」と催促《さいそく》された。

障子越《しょうじご》しに感じる日差しは、すでに日が高いことを教えてくれる。お照は慌てて立ち上がりかけ、布団の上で頽《くずお》れた。

「まだ動けないみたいだね。もうしばらく寝ていなよ」

「いえ、そんなわけには」

いきません――と言おうとしたが、込み上げた吐き気に口を押さえる。たかが二日酔いがこんなに苦しいとは思わなかった。

「昨夜は面白かったねぇ。あんたってば笑い上戸《じょうご》かと思いきや、いきなり泣き出すし、怒り出すし」

「……すみません」

「気にしなさんな。酒を飲んで暴れる男に比《くら》べれば、あんたの酒癖《さけぐせ》なんてかわいいもんだ。また旦那が来なかったときに飲もうじゃないか」

「い、いえ、あたしはもう……」

こんな苦しい思いは二度としたくない。美晴もしたたか飲んだはずなのに、どうしてケロッとしているのか。

恨《うら》みがましい目を向けると、美晴はいよいよご機嫌になる。

「それにしても、あんたが砧屋の番頭さんの義娘《むすめ》だったとは。血のつながらない父親にこき使われて、気の毒なこったねぇ」

笑いながら告げられて、お照は頭を抱えてしまう。昨夜、自分は酔いに任《まか》せて言ってはいけないことまでしゃべってしまった。

このことをおとっつぁんに知られたら……美晴さんには知られるなと何度も念を押されたのに。

冷や汗をかくお照の背を美晴はそっとさすってくれた。

「心配しなくても、昨夜のことは誰にも言わないよ。その代わりと言っちゃなんだが、あんたに頼みがあるんだがねぇ」

こんなときの「頼み」なんてろくなものではないだろう。それでも聞かないわけにもいかず、「何でしょう」と尋《たず》ねれば、

「明日は回向院に行くから、明後日でいい。あたしを丸田屋に連れてっとくれ」

「えっ」

「あんたを泣かせた女狐をこの目で見てみたいのさ。二日酔いは今日中にしっかり治《ほが》しておくんだよ」

朗らかに命じる美晴の目はいつになく輝いていた。

三

尾張町《おわりちょう》にある味噌醬油問屋丸田屋は、三代続く大店である。

〇に田の字を染め抜いた紺の暖簾の前を通ると、懐《なつ》かしい味噌と醬油のにおいが漂《ただよ》ってきて、お照は鼻をひくつかせた。

この道をまっすぐ行った先の料理屋には、急ぎの味噌や醬油を何度も届けに行ったものだ。奉公を始めて間もない頃、女将《おかみ》がこっそり駄賃をくれて「内緒だ

よ」と笑っていた。角の青物屋《あおものや》は子沢山《こだくさん》で、いつも赤ん坊の泣き声がした。

奉公していた十年間、何度となくこの道を行き来した。人目を避けて歩く日が来るなんて、夢にも思っていなかった。

「ちょいと、どうしてあたしの顔を隠さないといけないのさ。あんたはどうだか知らないけれど、あたしに後ろ暗いところなんてありゃしないよ」

隣を歩く美晴には厚手の頭巾《ずきん》をかぶらせている。暑いと文句を言われたが、右から左に聞き流す。

丸田屋とその周辺には、顔見知りがたくさんいる。美晴のような目立つ美人と歩いていれば、その素性のみならず自分との関わりを詮索《せんさく》されてしまうだろう。

お照は丸田屋の向かいにある天水桶《てんすいおけ》の陰で足を止めた。

「さあ、美晴さんの望みの通り、丸田屋に連れてきましたよ。これからどうしろと言うんです」

嫁のお早紀が店に出ることはめったにない。店の前で粘《ねば》ったところで、顔は拝めないだろう。お照が困って尋ねると、美晴は辺《あた》りを見回した。

「あんたの話を聞く限り、若御新造はよく出歩くんだろう。だったら、そろそろ帰ってくるんじゃないのかい」

時刻はただいま七ツ（午後四時）を過ぎたところである。まともな大店の嫁は日が暮れる前に戻るはずだ。

しかし、お早紀はまともな嫁と言い難《がた》い。「遅くなることも多い」と告げれば、美晴が不満げに眉を上げた。

「それじゃ、あんたは先にお帰り。家事でお忙しいあんたと違って、あたしは暇を持て余しているんでね」

そんなことを言われても、こっちは美晴をひとりにできない事情がある。お照は首を横に振った。

「とにかく、あたしは言われた通り丸田屋に連れてきたんです。一昨々夜《さきおとい》のことは忘れてください」

「ちょいとお待ち。あたしはこの目で女狐の顔を見たいんだ。店の前に来ただけじゃ、言いつけを果たしたことにならないよ」

「そんなっ」

初めは辺りを憚《はばか》って小さな声で話していたのに、うっかり大きな声が出る。慌てて口を押さえたとき、丸田屋の主人の伊兵衛《いへえ》と伊太郎が往来に現れた。しかも重ねて運の悪いことに、お照の声が聞こえたらしい。伊兵衛の目がこっちを見た。

「やっぱり、お照だったか。そんなところでどうしたんだい」

「こ、これは丸田屋の旦那様、お久しぶりでございます」

わざわざ近寄ってこられてしまい、お照はこわばった笑みを浮かべる。伊太郎は辞《や》めた女中に興味がないのか、その場から動こうとしなかった。

「た、たまたまこの近くを通りかかって……みなさん、お変わりありませんか」

少々強引に話を変えると、相手はすんなりうなずいた。

「ああ、うちは相変わらずだ。そう言うおまえは何をしているんだい。嫁に行ったわけじゃないだろう」

心配そうな目を向けられて、お照はそっと下を向く。伊兵衛は十二から奉公していた女中のことを少しは気にかけていたようだ。

「いずれにしても元気そうでよかったよ。この先めでたい話があれば、うちにも知らせて寄越しなさい。祝儀《しゅうぎ》くらい届けよう」

「……ありがとうございます」

果たして、その日はいつになるやら。お照がそう思ったとき、伊太郎が「おとっつぁん」と声を上げた。

「お照はもう縁の切れた人間です。そんな気遣いは無用でしょう」

あまりにも薄情な跡取りにお照は内心むっとする。

ひそかに丸田屋の今後を案じていると、美晴が頭巾を取って前に出た。

「丸田屋の旦那、お久しゅうござんす。そちらにいらっしゃるのが、旦那ご自慢の若旦那でありんすか」

今日の美晴はありふれた小袖姿だが、夏のまぶしい西日を浴びて後光がさしているようだ。予期せぬその振舞いにお照は悲鳴を上げそうになり――危ういところで呑み込んだ。

一方、伊兵衛は美晴を見て、その場で凍り付いている。伊太郎は口を開けたまま、間抜け面をさらしていた。

美晴は何を考えてこんな真似《まね》をしたのだろう。お照がうろたえている隙に、伊兵衛があえぐように聞く。

「な、何で、三国屋の美晴がお照とここに……ああ、伊太郎。おまえは勝三《かつぞう》とひと足先に、近江屋《おうみや》さんへ行っておいで」

「おとっつぁん、でも」

「いいから、早く行け。わしの言うことが聞けないのか」

いきなり父親に睨まれて、伊太郎は口を尖らせつつも「わかりました」と顎《あご》を引く。息子と手代が見えなくなると、伊兵衛は険《けわ》しい表情を美晴に向けた。

「それで、これはどういうことだ。おまえが身請けされたことは美雲《みくも》と楼主《ろうしゅ》から聞いていたが、どうしてお照とここにいる」

伊兵衛は意外にも、三国屋の馴染《なじ》み客だったらしい。

おまけに、お照の義父が砧屋の番頭だとも知っている。ここでうかつなことを言えば、喜三郎が美晴の旦那だとばれてしまう。冷や汗をかくお照をよそに、美晴は伊兵衛に微笑みかけた。

「それが不思議な縁でござんしてなぁ。お照はいま、わっちの女中なのでありんすえ」

お照は義父からろくでもない縁談を強《し》いられて、思い余って逃げたところを美晴の旦那に救われた――と、もっともらしく美晴は語った。

「本当《ほん》に、旦那様に拾われたときのお照ときたら、それは憐《あわ》れでござんした。寒い時期にもかかわらず、裸足《はだし》で濡れ鼠《ねずみ》でねぇ。ですから、お照がわっちといたことは他言無用でござんすえ」

義父にお照の居場所を知られたら、今度こそ嫌な男に嫁がせられる。目を潤《うる》ませた美晴に拝まれて、伊兵衛はぎこちなくうなずいた。

「そ、そうか、そんなことがねぇ。ところで、二人がここにいるのはどうしてだい。それこそ卯平さんに見られたら困るだろう」

「それは……こちらの若御新造さんに会いたくて」

「美晴さんっ」

自分との仲をうまくごまかしておきながら、どうしてそこは正直に言ってしまうのか。お照が咎《とが》めるように名を呼んでも、美晴は構わず話を続けた。

「お照ときたら、丸田屋の若御新造はたいそうな美人だと事あるごとに言うんざます。囲われ者になったとはいえ、わっちは見た目が命の吉原育ち。大門の外にどんな美人がいるか、気になるではありんせんか」

またもやそれらしい嘘を並べるのを見て、お照は二の句が継げなくなる。伊兵衛は呆れたように苦笑した。

「お照も馬鹿《ばか》なことを言ったもんだ。そんな心配をしなくとも、うちの嫁より花魁のほうがきれいだよ」

「あら、うれしい。でも、男の言葉は鵜呑《うの》みにするなと、わっちは美雲花魁からきつく言われておりんすから。この目でしかと見定めるまで、とても納得できんせん。ひと目会わせておくんなんし」

これこの通りと再び手を合わされて、伊兵衛は渋い顔をする。すると、美晴が
「そういえば」と呟《つぶや》いた。

「あれは何年前だったか。わっちが振新《ふりしん》だった頃、美雲花魁の名代《みようだい》として旦那のお相手をしたことがござんした。花魁がなかなか来ないので、不機嫌になった旦那は御酒《ごしゅ》を過ごされて……待ちに待った花魁が戻ったときにはへべれけで……」

「ああ、もうみなまで言うなっ」

身に覚えがあるらしく、伊兵衛が柄にもなく赤くなる。

「仕方がない。おまえさんは店の前で具合が悪くなったことにしよう。お早紀は母屋にいるから、顔を見たらすぐに帰るんだよ」

酒の醜態《しゅうたい》は誰にとっても恥ずかしいことらしい。吐き捨てるように告げられて、美晴はしおらしくうなずいた。

「あい、もちろんざます」

「お照もいいね。美晴に何か言われても、こういうことは二度としなさんな」

「はい、申し訳ありません」

お照がおとなしく頭を下げると、伊兵衛はため息とともに店に戻る。後に続いたお照たちはそのまま母屋に通された。

「すぐそこで、お照の連れが具合を悪くしていてね。元奉公人の難儀を見かねて、休ませてやることにしたんだよ。ああ、お茶よりも水のほうがいい。冷たいやつをお早紀に持ってこさせてくれ」

「はい、ただいま」

女中頭のお関は伊兵衛に応《こた》え、次いでお照に目を移す。

美晴は仮病も得意なのか、さもつらそうにお照の肩に縋っている。女中頭が座敷を去ると、ほどなくしてお早紀が現れた。

「おとっつぁん、冷えたお水をお持ちしました」

「ああ、そちらの人にお出しして。美晴さん、飲めるかい」

「はい」

か細い声で答える美晴にお早紀が大ぶりの湯呑みを差し出す。受け取った美晴はちびちびと水を口に含み、頼りなげに微笑んだ。

「あの、こちらの若御新造さんですか」

「はい、早紀と申します」

「おかげさまで落ち着きました。ありがとうございます」

「いえ、困ったときはお互い様です。気にしないでくださいまし。お照、おまえはいま、この方にお仕《つか》えしているのかい」

お早紀がそう尋ねたとき、バタバタという足音が近づいてきて勢いよく襖《ふすま》が開く。

何事かと目を向ければ、さっき別れた伊太郎が息を切らせて立っている。わずかに血走ったその目は真っ直《す》ぐ美晴を見つめていた。

「おまえさん、お客の前ですよ。一体、どうなすったんです」

たちまちお早紀は不機嫌になり、お照もいまだけ同意した。

伊太郎は父に命じられて近江屋に行ったのではなかったのか。とっさに伊兵衛のほうを見れば、頭が痛いと言いたげに額《ひたい》に手を当てていた。

「い、いや、その、近江屋さんに行く途中で、わ、忘れ物に気付いてね。急いで引き返してきたんだよ」

たどたどしい言い訳はいかにも疑わしい。お早紀もそう思ったのか、「さようですか」とうなずきつつも眉間《みけん》にしわが寄っていた。

「それで、そちらのお嬢さんは」

「お照のお連れ様で、うちのそばで具合が悪くなったそうですよ」

「そりゃ、大変だ。すぐに医者を呼ばないと」

目を瞠《みは》った伊太郎が美晴のそばに寄ろうとする。伊兵衛が声を荒らげた。

「おまえは余計なことをするなっ。何を忘れたか知らないが、早くそいつを持って近江屋に行かないか」

「で、でも、おとっつぁん」

「何をもたもたしているんだ。わしも後から追いかける。さっさと出ていけ」

人前で父親に怒鳴られて、伊太郎はすごすご座敷を出る。そのくせ、最後まで美晴のことを気にしていた。

「まったく、いい歳をして情けない。お早紀はもう下がっていい。手間をかけたね」

咳払いした伊兵衛が気まずそうに嫁に命じる。お早紀は「はい、失礼します」と立ち上がり、美晴を睨みつけて出ていった。

「なるほど。お照が言う通り、きれいな若御新造さんでありんすなぁ」

「おまえが言うと、嫌みにしか聞こえないよ。これで気がすんだだろう。わしもいまから出かける。おまえたちは落ち着いたら、帰ってくれ」

疲れた顔で言い捨てて、伊兵衛も座敷から姿を消す。

美晴はなぜか立ち去る後ろ姿ではなく、奥の襖に目を向けていた。

四

「ああ、疲れた……」

無事妾宅に戻ったところで、お照は畳の上にへたり込んだ。

それにしても驚いた。丸田屋の主人は堅物《かたぶつ》とばかり思っていたのに、吉原に敵娼《あいかた》がいたなんて。伊太郎の器量好みは父親譲りだったのか。

今日は何度も寿命が縮む思いをしたが、美晴の旦那の正体は恐らく隠し通せただろう。内心ほっとしていると、美晴は「楽しかったねぇ」と笑い出す。

「あのお早紀って女、絶対にあたしと亭主の仲を疑ったよ。いまごろさぞ気を揉《も》んでいるだろう」

「えっ、まさか」

男はみな美人に弱い。亭主が顔を赤くしてよその女を見つめたくらいで、「伊太郎の情婦《いろ》に違いない」と早合点《はやがてん》はしないだろう。お照はすかさず異を唱《とな》えたが、美晴の笑いは止まらなかった。

「丸田屋の旦那は、わざわざお早紀を名指ししてあたしに水を運ばせただろう。ただの通りすがりなら、奉公人にやらせればいい。なぜ自分にさせるのかと、お早紀は不審に思ったはずさ」

さらに出かけたはずの亭主が戻ってきて、美晴の周りをうろうろする。お早紀は言われた通りに水を運べば、そこにはとびきりの美人とかつての奉公人がいる。お早紀は胸騒ぎを覚え、美晴と伊兵衛のやり取りを襖越しに盗み聞きした——と美晴が勝手に決めつけたので、お照は慌てて口を挟《はさ》む。

「ちょっと待ってくださいよ。どうしてお早紀が盗み聞きしていたなんて言えるんです」

「吉原の女《なか》は襖の向こうの気配に敏《さと》くてね。お早紀の立ち去る足音はすぐに聞こえなくなったから、隣の座敷に入り込んで聞き耳を立てていたはずだ。あたしと旦那のやり取りを聞き、ますます不安になっただろうよ」

廓言葉を使う美人が舅《しゅうと》の手引きで自分を見に来た。そばにお照がいたこともお早紀の不安をあおったはずだと美晴は笑う。

「どうしてです」

「自分の浮気を知る元奉公人が舅と一緒に現れたんだ。あれこれ勘繰《かんぐ》るに決まっているじゃないか」

「でも、あたしが知っているなんて、向こうは知らないはずですよ」

お照がそのことを打ち明けたのは、女中頭のお関だけだ。強い調子で言い返せば、憐れむような目を向けられる。

「女中頭はあんたのことをお早紀に教えて、恩を売ったに決まっている。あんただって十年勤めた奉公先から暇を取ろうと決めたのは、番頭さんに言われたからというだけじゃないだろう」

「それは……」

「妾宅の女中を頼まれる前から、女中頭に『暇を取ったほうがいい』と勧められていなかったかい？　このまま丸田屋で奉公を続けるより、別のところでやり直したほうがいいって」

それはそっくりそのままお関に言われていたことだ。どうして美晴が知っていると、お照は思わず息を呑んだ。

「とはいえ、辞めてよかったよ。丸田屋で奉公を続けていれば、あんたも濡れ衣を着せられて追い出されていたかもしれないからね」

「まさか、そんな……」

お関はお照と新吉の仲を知っていた。それなのに、新吉を陥《おとしい》れたお早紀の味方をしていたなんて……。にわかに信じられずにいたら、「よくあることさ」と返された。

「向こうは跡取りの妻だもの。先々を考えりゃ、お早紀に取り入って当然だろう」

「でも、お関さんは下働きの頃からあたしの面倒を見てくれて」

「あんたのそういう思いを向こうは見抜《みぬ》いていたんだよ。だから、いいように使われたのさ」

何ともひどい言われようだが、思い当たることはある。出合い茶屋で見かけた後、お照はお早紀から何か言いつけられた覚えがほとんどない。お関からの耳打ちで、お早紀に避けられていたのだろう。

唇を嚙《か》んでうつむけば、美晴に「そうしょげなさんな」と背を叩《たた》かれた。

「とにかく、これでわかっただろう。帰りがけに女中頭がしきりとあんたを見ていたのも、あたしの正体を聞き出したかったからだろうさ」

美晴によれば、人は己と他人を同じように考えるものだという。自分が浮気をしていれば、夫の浮気を疑うはずだと。

「そしてどんどん勘繰って、何もない暗闇に鬼を見出《みいだ》すようになる。お早紀はいま悋気《りんき》の炎で丸焦《こ》げになっているはずさ」

「そうですかねぇ」

「ああ、間違いないね。ああいう器量自慢ほど悋気が強いものなんだ。亭主の話に耳を貸さず、当たり散らすに決まっているよ」

伊太郎は最初のうちこそ、「悋気するほど惚れられている」とまんざらでもなく思うだろう。だが、すぐに嫌気がさすはずだ。

「地女《しろうと》は加減を知らないからね。塩と悋気はほんの少しにしておかないと、取り返しがつかなくなるんだよ」

もっともらしく語る美晴は終始楽しげな笑みを浮かべている。そして、半信半疑のお照に言った。

「あんたは明日も丸田屋に行き、女中頭にあたしが妾だと教えておやり。ついでに自分が身の回りの世話をしているって」

「何でそんなことを」

せっかく言わずにすんだことを教えに行く馬鹿がどこにいる。お照が驚いて問い返せば、美晴は猫のように目を細めた。

「あたしが誰の妾か言わなければいい。あとは向こうが勝手に勘繰り、進んで墓穴を掘ってくれるさ」

「でも」

「あんたは嘘をつくわけじゃない。ちょっと罠《わな》を仕掛けるだけだよ」

まんまと罠にはまるか否かは、あくまで向こう次第――美晴にそう説明されて、お照の心は大きく揺れた。

「あんたは女中頭を信じたいんだろう？　お早紀が罠に掛からなければ、女中頭とつながっていないという証になる。そこをはっきりさせるためにも、試してみればいいじゃないか」

こちらの思いを見透《みす》かすように、美晴はお照をそそのかす。

思い出すのは、新吉に味噌蔵で襲われたと訴えるお早紀の涙、丸田屋を追い出されるときの怒りに震える新吉の背中、そして、「黙っているのがあんたのためだ」と語気を強めたお関の声――それらが頭の中を駆け巡り、お照は両手で頭を抱える。このままでは自分もすべての人が鬼に見えてしまいそうだ。

美晴の言葉に従うのは不本意だが、とにかく真偽《しんぎ》をはっきりさせたい。お照は翌十七日も丸田屋を訪ねることにした。

人目を避けて勝手口から声をかけると、すぐにお関が現れた。

「よく来てくれたね。昨日はろくに挨拶もできなかったから、気になっていたんだよ。いまはどこでどうしているんだい」

相手はお照の顔を見るなり、ひと息にまくし立てる。その勢いに気圧《けお》されつつ、お照は小声で打ち明けた。

「実は、妾宅で女中をしているんです」

「それじゃ、やっぱり昨日の女が……旦那はどこのどいつなのさ」

思った通りと言いたげな顔つきで、お関はさらに問い質《ただ》す。お照は首を左右に振った。

「すみません。それだけは言えません」

「水臭いね。あたしとあんたの仲じゃないか」

「ですけど、それだけは……主人のことを他人に話してはいけないって、あたしに教えてくれたのはお関さんです」

頑《がん》として答えないお照を見て、相手の表情がこわばっていく。押し問答が続いた後、お関は焦《じ》れたように舌打ちした。

「どうでもあたしに言えないってことは、やっぱり、うちの若旦那かい。あの吉原上がりといつからそんなことに……」

美晴が丸田屋で廓言葉を使ったのは、伊兵衛の前だけである。やはり、お早紀は隣の座敷で盗み聞きをしたらしい。お関がそれを知っているのは、お早紀と通じているからだ。

もう知りたいことはわかったと、お照は丸田屋から逃げ出した。

それからしばらくして、亀井町の妾宅に文《ふみ》が届いた。

美晴はそれに目を通すと、さもうれしげに笑い出す。

「お照、丸田屋の嫁が近々追い出されるってさ」

「ええっ」

お関に誤解させたことで、若旦那夫婦は揉めるだろうと思っていた。

だが、ひと月くらいで離縁が決まるなんてどういうことか。お照は信じられない思いで美晴の手の中の文を見る。

「それは誰からの文ですか」

「あたしが吉原で世話になった美雲花魁からさ。丸田屋の旦那は花魁の古い馴染みでね。昨夜は酔った勢いで跡取り夫婦のことをこぼしたらしい」

お照の罠にはまったお早紀は自分の浮気を棚に上げ、伊太郎を連日責めたらしい。お坊ちゃん育ちの伊太郎はすっかりへそを曲げてしまい、夫婦仲はあっという間に冷えたとか。

「若旦那にしてみれば、身に覚えのないことだもの。見た目がいいだけの嫁なんて愛想を尽かされて当然さ」

しかも、若夫婦の仲を察したお関がお早紀の不貞を伊兵衛の耳に入れたらしい。それなら遠慮はいらないと、すぐさま離縁となったようだ。

お関にすれば、若旦那に嫌われた嫁の味方を続けてやる義理はない。伊兵衛にしても、誰の子を孕《はら》むかわからない嫁なんて厄介の種《たね》でしかないだろう。

「丸田屋の旦那も困ったもんだよ。自分は吉原遊びをするくせに、跡取りにはさせないんだもの。ちゃんと女遊びをさせておけば、あの程度の女に引っかかることもなかったろうに」

「…………」

「息子が吉原を知れば深みにはまり、身を誤《あやま》ると思ったんだろう。『次の嫁は自分が選ぶ』と息巻いていたそうだけど、はてさてどうなるかねぇ。お早紀も身から出た錆《さび》とはいえ、馬鹿なことをしたもんだ」

お照は瞬《まばた》きをするのも忘れて、得意げに語る美晴を見つめた。

丸田屋伊兵衛は、押しも押されもせぬ大店の主人だ。相手が馴染みの花魁であれ、秘すべき身内の恥を打ち明けたりするだろうか。

無言の疑いが伝わったのか、美晴は意味ありげに片眉を上げた。

「もちろん、こんな話は進んで人に言ったりしない。でも、上手《うま》く尋ねられると、うっかり口が滑るんだよ。あんただって身に覚えがあるだろう」

「何のことです」

「おや、もう忘れたのかい。二人で飲んだ酒はおいしかったねぇ」

はっきり「酒」と口に出されて、美晴に酔い潰されたことを思い出す。うまい料理と酒で気分がよくなり、卯平に口止めされていたことまで話してしまった。

「女郎は客に酒を勧め、酔わせることも仕事のうちだ。中でも美雲花魁は客を酔わせて話を聞き出すのがうまくてね。あたしも学ばせてもらったよ」

それも手管《てくだ》のひとつだと悪びれることなく告げられる。こっちはぐうの音《ね》も出なかった。

「それにしても、お早紀は馬鹿だねぇ。あたしと張り合ったりしなければ、追い出されることもなかったろうに」

　さも同情するような口ぶりながら、美晴の顔は笑っている。お照だって新吉を陥れたお早紀を憐れむつもりはなかった。

　好きと嫌いは紙一重《かみひとえ》、ほんの一瞬で入れ替わる。

　お早紀は美晴をひと目見て、きっと「かなわない」と思ったのだ。だからこそ、しつこく伊太郎を責めたのかもしれないが……。

「美晴さんは丸田屋に行ったときから、こうなるとわかっていたんですか」

「あたしは八卦見《はっけみ》でも、占い師でもないんだよ。先のことなんてわかるもんか。ただ丸田屋の旦那が美雲花魁の馴染みと知っていたからね。『丸田屋について何かわかったら、教えてほしい』と花魁に文を出しておいたのさ」

　上機嫌で告げられて、お照はごくりと唾《つば》を呑む。

　男を虜《とりこ》にする美晴の目には何が見えているのやら。お早紀やお関もしたたかだったが、花魁はその上を行く。

　吉原は女護《にょご》ヶ島《しま》かと思いきや、実は鬼《おに》ヶ島《しま》だったのか。花のお江戸にそんな怖《こわ》いところがあったとは……。

　お照の身体《からだ》に震えが走った。

その二　鬼の目にも涙

一

親は子に「嘘《うそ》をつくな」と教えるくせに、自分は平気で嘘をつく。

お照がそう気付いたのは、十二歳のときだった。

――あんたは鼻の頭が尖《とが》っているから、意地悪そうに見えるんだ。加えて愛想《あいそ》なしの父親《てておや》なしじゃ、余計肩身が狭《せま》いだろう。あたしはあんたのためを思って、新しいおとっつぁんを探してやっているんだよ。

板前の父が酔っ払いの刃傷沙汰《にんじようざた》に巻き込まれて亡《な》くなると、母のお弓は料理屋で仲居《なかい》として働き出した。毎晩酒のにおいをさせて夜四ツ（午後十時）過ぎに帰ってきては、眠い目をこすりながら待っている娘に恩を着せたものだ。

世間知らずの幼い子は、親の言うことを鵜呑《うの》みにする。

まして父を亡くしたお照にとって、母は頼みの綱《つな》だった。死んだ父が恋しくとも、「新しいおとっつぁんなんていらない」と駄々《だだ》をこねることはできなかった。

母は美晴のような飛び抜けた美人ではない代わり、独特の色気と愛嬌《あいきよう》があって男好きがするらしい。言い寄る男を篩《ふるい》にかけ、一番稼《かせ》ぎのいい男を新たな亭主に選んだようだ。

卯平の働く砧屋は、江戸でも知られた大店《おおだな》である。三十四で番頭《ばんとう》ならば、母が仲居をするまでもない。これからは親子三人でいい暮らしができるだろうと、お照は素直に喜んだ。

義父は実の父より背が低く、子供の目にも狡《ずる》そうな顔をしていた。それを裏付けるかのように「奉公に出ろ」と命じられ、母も娘に言ったことなど忘れたのか、卯平の隣でうなずいている。お照は「話が違う」と思ったけれど、口に出すことはしなかった。

ここで異を唱《とな》えれば、きっと母に嫌われる。当時は母に睨《にら》まれることがこの世で一番恐ろしかった。

あれから十一年が経《た》ち、何の因果《いんが》か、お照は砧屋の主人《あるじ》が惚《ほ》れ込んだ妾《めかけ》の世話をすることになった。いまだ肩身の狭い婿養子《むこようし》は、元花魁《おいらん》の美晴を手活《てい》けの花にしておきながら、花の顔《かんばせ》を拝《おが》みに来るのは月に一度か二度だけだ。

その分思いが募《つの》るのか、たまの逢瀬《おうせ》は二人きりになりたがる。お照は今日も酒と肴《さかな》の支度《したく》をすませ、亀井町の妾宅《しょうたく》を出た。

丸田屋で奉公を始めた頃は、夢に見るほどおっかさんに会いたかったのに。親離れしたいまになって、毎月会えるようになるなんて皮肉なもんだ。

七月は暦の上では秋だけれど、盆入り前は夏の名残《なごり》のほうが色濃い。お照はまぶしい夕日に目を細め、母と卯平が暮らす瀬戸物町《せとものちょう》へと歩き出した。

両親は砧屋にほど近い三軒長屋に住んでいるが、お照はそこで暮らしたことがない。母が卯平と所帯を持つ前に、奉公に出されてしまったからだ。

お照のかつての奉公先、尾張町の丸田屋は瀬戸物町から一里（約四キロ）と離れていなかったが、子供の足には遠かった。初めて迎える藪入《やぶい》りは誰より早く飛び起きて、いの一番に店を飛び出したものである。

まだ暑い時期のこと、ずっと走ってきたせいで母の住まいに着いたときには、新しいお仕着せが汗でしわくちゃになっていた。気後《きおく》れしながら声をかければ、母が笑顔で迎えてくれた。

久しぶりに会った母に言いたいことがありすぎて、心づくしの手料理がうれしくて、お照は夢中になって手と口を動かした。

ところが、八ツ（午後二時）の鐘が鳴ったとたん、母は表情を一変させて「早くお帰り」と言い出した。

――あんたのような下《した》っ端《ぱ》が遅くなったらまずいだろう。奉公先を世話してくれたおとっつぁんの顔を潰《つぶ》しなさんな。

素《そ》っ気《け》ない母の言葉と態度に、それまでの浮かれ気分が吹き飛んだ。

普段会えない娘と語らうより、一緒になって半年の亭主の面目《めんもく》が大事なのか。

こっちは奉公に出てからずっと、指折り数えて藪入りを待っていたのに。お照はすっかりいじけてしまい、肩を落として店に戻った。

そんなことが度重《たびかさ》なれば、盆や正月を待ちわびたりしなくなる。たとえ離れて暮らしても親子の縁は切れないが、情は薄れていくものだ。

それでも、心の奥底でかすかに期待してしまう。

今日こそ母が自分を気遣《きづか》い、やさしくしてくれるかもしれない――そんな未練に背中を押され、お照は大店が立ち並ぶ通りを抜けて雲母橋《きらずばし》を渡り、いまだ馴染《なじ》みの薄い三軒長屋の前に立つ。大きく息を吐いてから勢いよく引き戸を開ければ、母が驚いた様子で現れた。

「おっかさん、今夜は旦那様が亀井町にいらっしゃるの。一晩泊めてちょうだいね」

母は以前と違い、喜三郎の妾宅行きをあらかじめ教えられなくなったらしい。今日も寝耳に水だったと見え、お照に向ける顔つきは不機嫌そうに歪《ゆが》んでいた。

「つまり、うちの亭主も今夜は帰ってこないのかい。女郎《じょろう》買いをして旦那に恩を売れるなんて、いい仕事もあったもんだ」

吐き捨てる母から目をそらし、お照は勝手に家に上がった。

喜三郎が妾宅に泊まる晩は、卯平も吉原へ遊びに行く。翌朝、二人は口裏を合わせて御新造《ごしんぞ》と周囲の目を欺《あざむ》くのだ。

母もそういう事情をわかっているが、それでも亭主の女郎買いは面白くないに違いない。娘の顔を見るたびに文句や愚痴《ぐち》を言い散らかす。

最初は「毎月おっかさんに会える」と喜んでいたお照だが、顔を合わせるたびに八つ当たりをされれば嫌になる。近頃は美晴だけでなく、お照も喜三郎の訪《おとず》れを歓迎できなくなりつつあった。

「旦那に恩を売るのは結構だけど、御新造さんにばれたらどうする気だい。旦那と一緒にお払い箱にされちゃ困るんだよ」

娘にぬるい麦湯を差し出す間も、母の文句は止まらない。お照は「また始まった」とうんざりしながら、その場しのぎを口にした。

「そんな心配はいらないでしょ。旦那様は御新造さんにばれないように、十分気を付けていなさるもの。それに大番頭さんだって美晴さんの身請《みう》けを承知しているって話じゃないの」

いまの砧屋の舵取《かじと》りは喜三郎が担《にな》っていると聞く。大番頭も味方なら、いくら御新造が怒ったところで容易《たやす》く追い出せないはずだ。

「喜三郎旦那が安泰なら、おとっつぁんだって安泰だよ。おとっつぁんと旦那は昔から切っても切れない仲なんでしょう」

だからこそ、卯平は義理の娘に美晴の世話を押し付けたのだ。お照はそう言ってなだめたが、母は納得しなかった。

「女が本気で怒ったら、商《あきな》いなんて二の次さ。妾のことを知ったら最後、御新造さんは問答無用で旦那を追い出すに決まっている」

「でも、大番頭さんが反対すれば……」

「長年砧屋を支えた大番頭にしてみたら、手代《てだい》上がりの主人なんて最初《はな》から面白くないんだよ。妾のことを黙っているのは揉《も》め事を避けたい一心だ。旦那をかばっているわけじゃない」

もしも御新造に責められたら、「手前も存じませんでした」と白《しら》を切るに決まっていると、母は頭から決めつけた。

「そういう事情をわかっているから、妾も旦那にもっと来いとわがままを言わないんだろう。元花魁は頭が回るよ」

したり顔でまとめられたが、見当違いもいいところだ。お照は腹の中で舌を出す。

美晴さんは最初から、旦那に来てほしいなんて思っちゃいない。もっと足が遠のいてもいいと思っているくらいだよ。

一方、亭主の女郎買いを嫌がる母は、何だかんだ言ったって卯平に惚れているのだろう。思えば、丸田屋のお早紀も自分は浮気しておいて、亭主の浮気は許さなかった。

相手に妬《や》くか、妬かないか。

それが妾と女房の違いかと複雑な気分になったとき、母がぽつりと呟《つぶや》いた。

「せめて旦那と御新造さんに子がいれば……。妾のことがばれたって大目に見てもらえたろうに」

「あら、どうしてそうなるの。跡取りがいれば、なおさら妾なんていらないじゃない」

妾を囲う理由のひとつは、跡取りの子を得るためだ。とっさに異を唱えれば、母にせせら笑われた。

「あんたも考えが足らないね。代替わりをしたときに、若主人の父親が尾羽《おは》打ち枯《か》らしていてごらんよ。店の恥になるじゃないか」

夫婦は離縁で他人になれても、親子は血でつながっている。婿は家付き娘と子を生《な》して、初めて身内になれるらしい。

「この先、妾が身籠《みごも》れば、砧屋は修羅場《しゅらば》になるだろうよ」

母は縁起でもないことを言い、お照の前で頭を抱《かか》えた。

「ああ、卯平と一緒になるときは今度こそ大丈夫だと思ったのに。あたしくらい亭主運の悪い女はいないよ」

しくじったと嘆《なげ》かれて、お照はこっそり舌打ちした。

実の娘を踏みにじり卯平と一緒になっておいて、いまさら何を言い出すのか。

そっぽを向いて麦湯をすすると、なぜか母に睨まれた。

「何だい、その『あたしは知りません』って顔は。あんただって年が明ければ、二十四になるんだろう。妾宅の女中なんてしている場合じゃないんだよ」

八つ当たりの火の粉《こ》が飛んできて、お照はますます面白くない。そんなことを言うのなら、義父が妾宅の女中を命じたときに止めてくれればよかったのだ。

「あたしがいまのあんたの歳《とし》には、とうにあんたを産んでんだ。三十路《みそじ》の初産《ういざん》は命がけだよ。さっさと稼ぎのいい男を捕まえな」

言って甲斐《かい》ない亭主の愚痴から娘への文句にすり替わる。まったくとんだとばっちりだと、お照は知らず眉《まゆ》をひそめた。

「急にそんなことを言われたって」

「急なことがあるもんか。あんたときたら、いつまで経っても薄ぼんやりしているんだから」

「……………」

おとっつぁんが思い通りにならないからって、あたしに当たらないで――と面と向かって言い返せたら、どれほどすっきりするだろう。

だが、そんなことを言ったら最後、母が逆上するのは目に見えている。お照は面倒を避けるため、別の本音《ほんね》を口にした。

「一緒になりたい人がいなければ、無理に所帯を持つこともないでしょう」

「お照、何を言うんだい」

「あたしは十二から住み込み奉公をしているし、働くことは苦じゃないの。ろくでなしと一緒になって苦労をするくらいなら、一生独《ひと》りで構わないわ」

「そんな情けないことを言うんじゃないよ。あたしは子を産んだのに、孫の顔を拝めないのかい」

恨《うら》みがましく言われても、申し訳ないとは思わない。むしろ、我が子に自分と同じ苦労をさせたくなかった。

「それに『妾宅の女中をしている場合じゃない』と言われても、あたしが辞《や》めちまったら、誰が美晴さんの世話をするの？　おっかさんがおとっつぁんに掛け合って、あたしを自由にしてくれるのかい」

あてつけがましく続ければ、母がようやく目をそらす。

「あたしはあんたをいいところに嫁《とつ》がせたくて、あの人と一緒になったのに……。すっかり当てが外れたよ」

言い訳がましい呟きにお照は返事をしなかった。

二

翌朝、お照は明け六ツ半（午前七時）に亀井町の妾宅に戻った。

雨戸が閉まったままの座敷をのぞけば、美晴はまだ眠っている。喜三郎の姿は見えないので、送り出してからまた寝たのだろう。

吉原の女郎は明け方に客を見送り二度寝をすると聞いたけど。身請けされても、やっていることは変わらないね。

呑気《のんき》な寝姿に呆《あき》れつつ、お照は朝餉《あさげ》の支度をする。そして、美晴のそばに戻ってきて大きく息を吸いこんだ。

「美晴さん、起きてください。もう五ツ（午前八時）になりますよ」

大きな声で呼んでも、寝汚《いぎたな》い相手は動かない。お照はわざと乱暴に雨戸を開け、美晴のかぶっている夜着《よぎ》を剝《は》いだ。

「ほら、おつけが冷《さ》めちまいます。さっさと起きて食べてください」

「……もうちょっと寝かせてよ。昨夜は遅かったんだから」

「同じように遅かった旦那様はとっくの昔にお帰りです。美晴さんは二度寝をしたんだし、もう起きられるでしょう」

いつまでも床にいたら、お天道《てんと》様に失礼だ。間髪《かんはつ》容《い》れず言い返せば、美晴はしぶしぶ身を起こす。

「まったく、これだから年増《としま》の生娘《きむすめ》は困るんだよ。男よりも女のほうが身体《からだ》にこたえるものなのに」

やけに生々しい言葉を耳にして、お照の顔が熱くなる。

美晴に言われた通り、自分はいまだ生娘だ。

かつて言い交わした新吉と隠れて口を吸い合ったり、着物を着たまま抱き合ったことはあるけれど、住み込み奉公の悲しさで最後までは至らなかった。

嫁き《い》遅れの生娘なんてちっとも自慢になりゃしない。こんなことなら、新吉さんと契《ちぎ》っておけばよかったわ。

ひそかに後悔していたが、いまとなっては手遅れである。

一方、美晴は十八ながら吉原育ちの元花魁だ。男女のあれこれは身をもって知っている。お照が想像をたくましくしていると、美晴にきつく睨まれた。

「何だい、真っ赤になっていやらしい。男と女のまぐわいなんて、あんたが思うほどいいものじゃないよ」

「あ、あたしは別にっ」

「歳だけ食った耳年増ほど、変に夢見がちなんだから。あたしは金のためでもない限り、男と寝るなんて真っ平御免《まっぴらごめん》さ」

口を歪めて言い放《はな》ち、美晴は勢いよく立ち上がる。

寝起きで機嫌が悪いのか、物言いがやけに刺々《とげとげ》しい。美晴なら男と肌を合わせるくらい、それこそ朝飯前ではなかったのか。お照は思わず問いかけた。

「そんなに旦那様が嫌いですか？　噂《うわさ》じゃ見目がいいって聞きますけど……」

いつも入れ違いになってしまうので、お照は喜三郎と顔を合わせたことがない。

美晴にすれば、喜三郎とは親子ほど歳が離れている。

好きになれなくて当然かもしれないが、相手は苦界《くがい》から救ってくれた恩人だ。

まして、おっかない妻の目を盗んで会いに来るのに、邪険《じゃけん》にしては気の毒だろう。

しかし、美晴は「馬鹿《ばか》言いなさんな」と吐き捨てた。

「男の見た目が何だってのさ。そう言うあんたは見目のいい男なら、誰にでも足を開くのかい」

「と、とんでもない」

思っただけで寒気がして、お照は我が身を抱きしめる。美晴はそれ見たことかと目を眇《すが》めた。

「吉原の女がみな色好みだと思っているなら大間違いだ。床でよがって見せるのは、客を喜ばせる手管《てくだ》だよ。孕《はら》まないように気を付けるのも、好きでもない男の子なんて絶対に産みたくないからさ」

相手の剣幕に怯《ひる》みつつ、お照はひそかに安堵《あんど》した。

美晴がそういう気持ちなら、喜三郎の子を身籠ることはなさそうだ。母の思い込みはともかく、美晴に子ができたって幸せになれるとは思えない。

それにしても、これが十八の娘の台詞《せりふ》かね。吉原育ちは夢も希望もないらしいや。

さすがに男を食いものにする鬼ヶ島で育った人は違う。呆れ混じりに感心していると、美晴は不意にニヤリと笑った。

「他人のことより、あんたは我が身の心配をしなよ。早く嫁に行かないと、三十路の初産になっちまうよ」

母と同じことを言われて、お照は口を尖らせた。

今年は盆の間中、ずっと荒れた天気が続いた。

まるで野分《のわけ》のような強い風が吹き、広小路《ひろこうじ》の粗末な床見世《とこみせ》や芝居《しばい》小屋は軒《のき》並み吹き飛ばされてしまった。安普請《やすぶしん》の裏長屋は屋根が剝がれたところも多かったらしい。

しかし、十八日にはお天道様が顔を出し、江戸のあちこちで軽快な槌音《つちおと》や鋸《のこ》を引く音が響き出した。

火事や天災が起こった後は、大工《だいく》や左官《さかん》が忙しくなる。美晴とお照のいる妾宅も飛んできた瓦《かわら》がぶつかって、板塀《いたべい》に大きな穴が開いた。

これではいつ変な輩《やから》に忍び込まれるかわからない。お照は様子を見に来た卯平に頭を下げて、大工の手配をしてもらった。

そして、二十日には若い大工がやってきたが、

「俺たちはいま寝る間もねぇほど忙しいんだ。塀に穴が開いたくらいで、いちいち騒《さわ》ぐんじゃねぇ」

お照は眉を吊《つ》り上げた職人から、出合い頭に文句を言われた。

客にへつらう商人《あきんど》と違い、職人は腕が命である。口の悪い者も少なくないが、いくら何でも失礼だろう。お照が顔をしかめて名を問えば、相手は「大工の鶴八《つるはち》だ」と胸を張った。

「今戸《いまど》の佐平棟梁《さへいとうりよう》のお指図《さしず》で来てやったが、俺は一刻も早く広小路の作事場《さくじば》に戻らなきゃならねぇ。塀の穴にはとりあえず木切れを打ち付けといてやる」

鶴八は自分の都合だけまくし立てると、大工道具を肩に担《かつ》いで塀のほうへ歩き出す。お照は慌《あわ》てて後を追った。

「それじゃ素人《しろうと》の仕事と変わらないよ。あんたも一人前の大工なら、ちゃんと元通りにしてくれなくちゃ」

「はん、馬鹿言うな。こんなところで手間暇《てまひま》かけていられるか」

「馬鹿を言っているのはそっちだろう。こっちはその手間暇に金を払うんだよ」

誰がどう聞いたって、こっちの理屈が勝《まさ》っている。生意気な鶴八もさすがに返事に詰まったが、「知ったふうな口をきくな」と開き直った。

「俺たちは吹き飛ばされた床見世や芝居小屋を建て直している最中だ。妾の家の塀と広小路の芝居小屋――どっちが江戸っ子にとって大事かなんて考えるまでもねぇだろうが」

えらそうにうそぶく相手は恐らく二十歳《はたち》くらい。背が高く目鼻立ちも整っていて半纏《はんてん》着姿も決まっているが、肝心《かんじん》の大工の腕は半人前に違いない。棟梁はそれを承知して、半端《はんぱ》仕事を任《まか》せたのだろう。

とはいえ、そんな大工を回されたこっちはいい迷惑だ。お照が眉を寄せたとき、美晴がその場に現れた。

「そねぇに忙しいときに、ぬしは来てくれたのでありんすか。本当《ほん》にかたじけのうござんした」

着物は地味な絽《ろ》の格子《こうし》でも、極上の見た目と鼻にかかった廓《くるわ》言葉で元花魁とわかるだろう。鶴八は魂《たましい》を抜かれたように、瞬《まばた》きを忘れて美晴を見つめる。

「この家は見ての通り、女二人しかおりんせん。しっかりした塀がなかったら、わっちはもう心細くて恐ろしくて……。どうか、この身を助けると思って、ぬしの力を貸しておくんなんし」

美晴は両手を合わせると、上目遣《うわめづか》いに鶴八を見る。すると、いままでの態度を忘れたように、若い大工は赤い顔を上下に振った。

「わ、わ、わかりやした。お、俺に任しといておくんなせぇ」

上ずった声で請け合うと、すぐさま仕事に取り掛かった。

まず穴の開いた板をはがし、代わりの材木を運んでくる。それを塀の高さに合わせて鋸で切り、横板に打ち付けた。

「板の色目がここだけ違うのは勘弁《かんべん》しておくんなせぇ。三月《みつき》もすれば雨風にさらされて目立たなくなりやすから」

鶴八が仕事を終えたとき、お天道様は西に傾《かたむ》いていた。

いまからじゃ作事場に戻ったところで、仕事なんてできるもんか。美晴さんの掌《てのひら》で転《ころ》がされているのも知らないで、まったく馬鹿な男だよ。

出合い頭の憎たらしい態度を思い出し、お照は腹の中でせせら笑う。美晴はうれしそうに微笑《ほほえ》んだ。

「これで今夜から安心して休めます。鶴八さん、恩に着ますぇ」

「い、いや、丈夫な塀があったって油断をしちゃいけません。暑くとも雨戸はしっかり閉めてくだせぇ」

何度も美晴に念を押し、鶴八は大工道具を担いで去っていった。

最初はどうなるかと思ったが、一日で塀が直ったことは喜ばしい。これで鼻持ちならない大工とも縁が切れたと思っていたら、

「今日は仕事が早く終わったんで……その、塀の具合はどうですかい」

翌二十一日の七ツ過ぎ、鶴八は饅頭《まんじゅう》片手にやってきた。

できれば追い返したかったが、何分昨日の今日である。門前払いはまずいだろうと、お照は家に上げてやった。それに味を占《し》めたのか、鶴八はその翌日も、翌々日もやってきた。

若い男が妾宅に足しげく出入りしていれば、いらぬ疑いを招いてしまう。お照は今日こそ戸口で追い返すことにした。

「鶴八さんは仕事を終えて、ここに来ているのかい？　さっき八ツの鐘が鳴ったばかりじゃないか」

これほど日が高いうちに作事が終わるはずがない。鶴八は棟梁の目を盗み、抜

け出してきたのだろう。

「美晴さんがどういう人か、あんたも知っているはずだ。頼んだ仕事は終わったんだし、二度とここには来ないどくれ」

「ふん、たかが女中がえらそうに。美晴さんのことを思うなら、家の周《まわ》りをうろつく男たちを追い払ってから言いやがれ」

通りすがりに美晴に岡惚れした挙句《あげく》、妾宅の周りで待ち伏せる男たちはそれなりにいる。

しかし、塀の向こうでうろつくだけなら、大きな害はないのである。お照は嫌みたらしく鼻を鳴らした。

「だから、こうやって追い払っているじゃないか」

「おい、調子に乗るんじゃねぇ。俺は美晴さんの知り合いだぞ」

たかが女中と侮《あなど》ったのか、鶴八が上がり框《かまち》に座り込む。すると、戸口のそばの座敷から美晴がひょいと顔を出した。

「わっちも毎日押しかけられて、ほとほと迷惑しておりんす。今日を限りにぬしの顔は二度と見たくありんせん」

美晴は笑みを浮かべたまま、容赦《ようしゃ》のないことを言う。鶴八は顔をこわばらせ、何度も目を瞬《しばた》いた。

「いや、でも……お、俺のおかげで助かったって……頼りになるって言ったじゃねえか」

「ええ、言いんした。金と男の機嫌はとりあえず取っておく。それが吉原《なか》の女の心得《こころえ》ざます」

身も蓋《ふた》もない言い草に、鶴八は目を剥《む》いて言葉をなくす。美晴は青ざめている相手に初めて蔑《さげす》みの目を向けた。

「わっちと差し向かいで話したければ、饅頭ではとても足りんせん。せめて絹の小袖《こそで》でも持ってきなんし」

駆け出しの若い大工にそんな金などありっこない。打ちのめされた鶴八はおぼつかない足取りで帰っていった。

その晩、お照が夕餉《ゆうげ》の支度をしていると、台所の吊り棚がぐらつくことに気が付いた。美晴にそれを伝えたところ、思いきり顔をしかめられる。

「あんたも間の悪い女だね。今日の昼前にわかっていたら、あの大工に直させたのに」

吉原上がりは血も涙もないと、お照は改めて実感した。

三

嵐が去って十日も過ぎると、江戸はほぼ元の町並みを取り戻した。日のある間は絶えず聞こえていた槌音もいつの間にか止んでいる。広小路の芝居小屋や床見世も無事新しくなったらしい。

美晴は三度の飯より好きな寺参りをこのところずっと控えている。浅草寺で四万六千日《しまんろくせんにち》分の功徳《くどく》を授かったことに加え、盆が明けてしばらくはどこも御開帳《ごかいちょう》をしていないからだ。

お照としては、寺の長い石段を上らなくてすむのでありがたい。

それでも、このまま二人揃《そろ》って家に籠っているのは気が塞《ふさ》ぐ。そろそろ気分を変えようと、「両国にでも行きませんか」と美晴を誘った。

「いまなら建て直したばかりだから、芝居小屋もきれいでしょう。ああ、見世物の中身も替わったみたいです」

火除《ひよ》け地である広小路は、すぐに取り壊せる仮小屋しか建てられない。その分、建て直すのも早かった。

それに作事が終わっているから、鶴八に会うこともない。お照がそう付け加えると、美晴がかすかに眉をひそめる。

「そういえば、そんな男もいたっけね。ちょっとばかり若くて見た目がいいからって、安い饅頭であたしの気を引こうだなんて。ああいう思い上がった男の顔は二度と見たくないもんだ」

相変わらずの口の悪さにお照は苦笑してしまう。「そこまで言わなくとも」と諫《いさ》めれば、なぜか美晴に睨まれた。

「おや、向こうの肩を持つのかい」

「若い男が美晴さんに憧《あこが》れて、つきまとうのはよくあることでしょう。気にしていたらきりがないですよ」

お照はそう言い訳して、目の前の顔をじっと見つめた。

いまは紅《べに》すらつけていないが、惚れ惚れするほど美しい。吉原で着飾《きかざ》っていたときはまさしく生きた観音様《かんのんさま》、それとも弁天様《べんてんさま》だったのか。そういえば、「見た目は菩薩《ぼさつ》で、中身は夜叉《やしゃ》」なんて言葉もあったはずだ。

美晴の中身を知る自分でも、いまだにうっかり見とれてしまう。中身を知らない男たちが血迷うのも無理はない。だからこそ卯平に無理を言って、壊れた板塀の修理を急いだのだ。

鶴八は気に食わないけれど、一日で塀を直してくれたからね。しつこくつきまとうこともなかったし、悪《あ》しざまに言うほどじゃない。

あれくらいかわいいものだと思っていたら、美晴は不満げに鼻を鳴らした。

「職人の中でも、大工は稼ぎがいい。鶴八は若くて見た目がいいから、町娘にさんざんちやほやされたんだろう。あのいけ好かない自惚《うぬぼ》れ男に比《くら》べれば、家の周りをうろつく連中はまだかわいげがあるってもんさ」

そういう美晴さんだって男にさんざんちやほやされて、思い上がっているくせに。自分はよくても、他人は許せないんだね。

お照は内心呆れたが、「そうですか」とうなずいた。

「半人前の職人があたしに言い寄るなんて百年早い。ああいう身の程知らずが女を不幸にするんだよ」

美晴がきっぱり断言したとき、戸口のほうから女の声がした。

ここに来るのは卯平か喜三郎、もしくはお照に言い寄る棒手振《ぼてふ》りの魚屋房吉《ふさきち》くらいである。女に心当たりはない。

まさか、砧屋の御新造さんに美晴さんのことがばれたんじゃ……。妻と妾の争いに巻き込まれるのは御免だよ。

嫌な予感に怯《おび》えつつお照が戸口に行ってみれば、見知らぬ娘が立っていた。

「あたしは大工の佐平の娘です。鶴八さんのことで元花魁に話があります」

喧嘩《けんか》腰で名乗った相手は歳の頃なら十七、八か。こわばった顔立ちは平凡ながら、笑えばきっとかわいいだろう。

だが、いまは親の仇《かたき》を見るようにこっちを睨みつけている。砧屋の御新造ではないけれど、面倒のにおいしかしない。

こんな客が来るとわかっていたら、さっさと両国に行ったのに。鶴八の話なんて美晴さんの耳に入れられないよ。

この娘と美晴が会えば、十中八九《じっちゅうはっく》口論になる。この場でうまく言いくるめ、追い返すことはできないか。焦《あせ》るお照の背後から甘ったるい声がした。

「お照、いきなり押しかけて来た迷惑なお客でも、いつまでも戸口に立たせておくものではありんせん。早く上がってもらいなんし」

美晴は男だけでなく、気に入らない女の前でも廓言葉になるらしい。娘は一瞬息を吞《の》んだが、すぐに草履《ぞうり》を脱いで上がり込む。

お照は娘の草履を揃え、ため息をついて後を追った。

この妾宅は、以前は金持ちの隠居所《いんきょじょ》だった。六畳ほどの座敷には、小さいながらも凝《こ》った床の間がついている。美晴はその床の間を背にして座り、押しかけ客に声をかけた。

「わっちは美晴と申しんす。ぬしさんはどこのどちら様でありんしょう」

おっとりと微笑む姿には、歳に似合わぬ貫禄《かんろく》がある。娘はにわかに怖気《おじけ》づき、おどおどと目を伏せた。

「あ、あたしは……今戸の佐平の娘で……美津《みつ》と言います」

「それで、お美津さんはなぜここに」

尋《たず》ねる美晴は目を細め、じっとお美津を見据えている。なかなか答えない客に代わって、お照は横から口を挟《はさ》んだ。

「さっきは鶴八さんのことで話があるとおっしゃっていましたよ」

目の前で告げ口すれば、お美津は覚悟が決まったらしい。伏せていた顔を上げると、美晴をハッタと睨みつけた。

「あの人はあんたのことを大工仲間にからかわれて、喧嘩沙汰になったんだ。一体どうしてくれるのよ」

聞けば、鶴八は三日続けて勝手に仕事を抜けたことで、棟梁からきつく叱《しか》られたらしい。そのことを仲間の大工にからかわれ、殴り合いの喧嘩になったそうだ。いまは鶴八だけが謹慎《きんしん》しているという。

「鶴八さんはひとりで三人も相手にしたのに……おとっつぁんは『先に手を出したほうが悪い』って」

どうやら、お美津は若くて二枚目の鶴八にほの字のようだ。しきりと肩を持つけれど、棟梁の判断《なま》は当然である。

鶴八は仕事を怠けて美晴のところに通ったばかりか、叱られても反省をせず、他の大工と喧嘩した。破門ではなく謹慎ですんだのは、佐平が鶴八に惚れている娘を慮《おもんぱか》ったからだろう。

「あんたが鶴八さんを誑《たぶら》かし、弄《もてあそ》んで捨てたりしなければ……あの人はあたしと一緒になって、おとっつぁんの跡を継《つ》げたのに」

お美津は声を震わせて、聞き捨てならないことを言う。

お照は慌てて異を唱えた。

「ちょ、ちょっと待ってくださいな。美晴さんは鶴八さんを弄んでなんていやしません。向こうが勝手に惚れ込んで、つきまとっていただけです」

「そんなの嘘よっ。だって、鶴八さんが言ったもの。元花魁に言い寄られてうっかりその気になったけど、金がないとわかったとたんに縁切りされたって」

見栄《みえ》っ張《ぱ》りの鶴八は都合よく話を作り、お美津に伝えたようである。

ここで本当のことを教えても、お美津は聞く耳を持たないだろう。「鶴八が勝手にのぼせた」という話より、「美晴に誑かされた」という話のほうがずっと呑み込みやすいのだから。

しかし、この話が広まれば、お照が卯平に責められる。そればかりか「美晴に誑かされたい」と願う男たちがもっと増えてしまうだろう。

果たして何をどう言えば、美晴の汚名を雪《そそ》げるのか。悩むお照のすぐそばで、美晴がおっとりと首を傾《かし》げる。

「それで、お美津さんはわっちに何をしてほしいんざます」

「あ、あんたにしてほしいことなんて……あたしは、ただ……」

「わっちが鶴八さんを振ったことが気に入らないのでありんすか。だったら、いまから親しくしてもよござんす」

「ちょ、ちょっと待って」

「それとも、お美津さんともっと仲良くするように、鶴八さんに頼んだほうがよござんすか」

美晴は笑みを浮かべているが、発した言葉は棘《とげ》だらけだ。

お美津は怒りで声も出ないのか、真っ赤な顔で震えている。見かねたお照は二人の間に割って入った。

「美晴さん、馬鹿なことを言わないでくださいな。お美津さん、この人にはいくらでも男が寄ってくるんです。鶴八さんなんか誑かしたりしませんよ」

「……ひ、人を馬鹿にするのもいい加減にしてっ。あんたたちなんて地獄に堕《お》ちればいいんだわ」

お照の正直な物言いはかえって怒りを買ったらしい。お美津は目に涙を浮かべると、足音も荒々しく立ち去った。

美晴さんはともかく、どうしてあたしまで地獄に堕ちなきゃならないんだい。まったく、いい迷惑だ。

腹の中でお美津に言い返したとき、美晴に「お照」と名を呼ばれた。

「いますぐ今戸に行って、佐平棟梁にこのことを伝えておいで」

美晴にすれば初対面の相手に喧嘩を売られ、「地獄に堕ちろ」と言われたのだ。

だが、親に文句を言いたい気持ちはわかる。

だが、単身ここまで乗り込んだお美津にも同情してしまう。あの娘は惚れた相手の言い分を鵜呑みにしただけなのだ。

「何も親に知らせなくとも……」

「それじゃ、このまま放っておくのかい？　さっきの娘が親にあることないこと告げ口したらどうするのさ」

普通の娘は妾宅に乗り込んだことなんて親に言ったりしないだろう。

しかし、普通の娘なら、そもそもここには来ていない。

「棟梁だって人の親だ。娘のために意趣《いしゅ》返しをしてやろうと、砧屋の御新造さんに告げ口するかもしれないよ」

卯平は塀の修理を頼むとき、棟梁に何と説明したのか。もっともらしい美晴の脅《おど》しに、お照は急に不安になる。

棟梁はかわいい娘のために鶴八を破門しなかった。もしも、お美津が「妾に馬鹿にされた」と父親に泣きつけば……。

「わかったら、さっさと行っといで。告げ口されてからじゃ遅いんだよ」

今度はお照も言い返さず、妾宅から飛び出した。

そこまで先が読めるなら、あんなふうに怒らせなければいいじゃないか。あたしばっかり貧乏くじだ。

暑い盛りは過ぎたと言っても、走ればたちまち汗をかく。

お照は流れる汗をぬぐい、今戸に向かって走り続けた。

四

お照が佐平の家に着いたとき、お美津はまだ戻っていなかった。必死で走った甲斐あって、追い越すことができたらしい。

さらに運のいいことに、佐平はちょうど家にいた。お照が挨拶《あいさつ》もそこそこに娘のしたことを打ち明けると、日に焼けた顔がみるみるうちに青ざめる。

「うちの娘がそんなことを仕出かすとは……お美津にはよく言い聞かせやす。どうか勘弁しておくんなせぇ」

お照の言うことを疑いもせず、佐平は潔《いさぎよ》く頭を下げる。

棟梁と仰《あお》がれるだけあって、人を見る目と話を聞く耳はあるようだ。人一倍貫禄のある大の男に頭を下げられ、お照は慌てて腰を浮かせた。

「あの、頭を上げてくださいまし。棟梁がわかってくだされば、結構ですから」

「でしたら、このことは誰にも言わねぇでもらえやすか」

嫁入り前の娘が見ず知らずの妾の家に乗り込むなんて、外聞《がいぶん》のいい話ではない。今後世間に広まれば、お美津の縁談に障《さわ》るだろう。娘を思う親心にほだされて、お照はすぐにうなずいた。

「ご安心ください。それじゃ、あたしは失礼します」

「本当にご迷惑をかけやした。美晴花魁には明日にでもお詫《わ》びにうかがいやす」

必死に走った行きと違い、役目を終えた帰り道は気が楽だ。のんびり戻る道すがら、お照は実の父のことを考えた。

九歳のときに亡くなった父との思い出はたくさんある。

板前にしては身体が大きく、人混みでよく肩車をしてくれた。幼いお照が熱を出すと、おいしい粥《かゆ》を炊《た》いてくれた。どんなに具合が悪いときも、父の作った粥だけは喉《のど》を通ったものである。

どれも大切な思い出だが、忙しい日々に追われるうちに思い出すことも間遠になった。父の顔形や声ですら徐々におぼろになっている。

あたしの鼻が尖っていて意地悪そうに見えるって、おっかさんは言うけどさ。鼻の形はおとっつぁん譲りなんだもの。どうしようもないじゃない。

佐平は父が生きていれば、同じくらいの歳である。

大柄なところは似ているが、父はもっと色白だった。釘を打つ大工の手は武骨だが、料理を作る父の手は指が長くてきれいだった。

おとっつぁんが生きていれば、きっと棟梁のように娘を守ってくれたよね。あたしはお美津さんがうらやましいよ。

そういえば、お美津と佐平もどことなく顔が似ていた気がする。

父親はとかく娘に甘いというが、それは自分に似ているせいか。そんなことを考えながら足を前に進めるうち、お照は亀井町の木戸にたどり着いた。


翌朝、佐平は菓子折持参で妾宅にやってきた。

「昨日はうちの娘がとんだご迷惑をおかけいたしやした。この通りお詫びいたします」

「棟梁、頭を上げておくんなんし」

美晴に声をかけられて、佐平はゆっくり顔を上げる。日焼けした肌にはシミが多く、眉間《みけん》には深いしわが刻まれていた。

「お照さんから話を聞いて、柄にもなく血の気が引きやした。お美津は遅くに生まれたひとり娘で、つい甘やかしてしまいやして……本来なら連れてきて頭を下げさせるところですが、どうにも言うことを聞きやせん。鶴八も謹慎ではなく、別の棟梁のところで見習いからやり直させますんで」

「さいざんすか」

「半端な仕置きと思われるかもしれねぇが、あの二人がこちらに迷惑をかけることは金輪際《こんりんざい》ござんせん。この首にかけて請け合います」

佐平は美晴の目を見つめ、力強く断言する。美晴は嫣然《えんぜん》と微笑んだ。

「それならようござんした。棟梁も知っての通り、わっちは日陰《ひかげ》の身でありんす。砧屋のお涼さんの耳に入れば、大事な旦那様のご迷惑。それだけは避けたくて、取り越し苦労をいたしんした」

「へえ、番頭さんからその辺《あた》りの事情はうかがっておりやす。人目を避けていなさるのに、本当に申し訳ありやせん」

ことさら殊勝ぶる美晴に佐平がすまなそうな顔をする。お照は二人のやり取りに白けたまなざしを向けていた。

旦那に迷惑をかけることだけは避けたいなんて、どの口が言うんだか。金のためなら、相手は誰でもいいくせに。

いや、本気で男と寝たくないなら、めったに来ない喜三郎は都合がいい相手だろう。迷惑をかけたくないというのは、案外本心かもしれない。

「それにしても、佐平棟梁のお嬢さんとこねぇな形で顔を合わせるとは……。縁は異なものでござんすなぁ」

「いやはや面目次第《めんぼくしだい》もござんせん。穴があったら入りたいとはこのことでさぁ」

美晴が表情を緩《ゆる》めると、佐平も恥ずかしそうに頭をかく。にわかに気安くなった二人の様子にお照は目を丸くした。

「美晴さんは棟梁と前から知り合いだったんですか」

「今戸の佐平と言えば、江戸で一番仕事が早いと名高い棟梁でござんすえ。吉原で火事があるたびに、世話になっておりんした」

火除け地があちこちにある江戸市中と違い、吉原は四方を溝《どぶ》と大門《おおもん》で囲まれた狭い中に、建物が密集している。ひとたび火が出ると大火になることが多いため、逃げ場をなくした女たちが大勢焼け死んでしまうとか。

また運よく火事から生き延びても、さらなる地獄が待っている。見世が燃えてしまった場合、楼主《ろうしゅ》が仮宅《かりたく》を始めるからだ。

「その名の通り、仮の見世では豪華なもてなしなどできんせん。その分揚《あ》げ代《だい》をうんと下げて、多くの客を呼ぶんざます」

普段は格式だ、作法だとうるさい大見世も、仮宅の間は大目に見る。日頃手の届かない女が安く買えるとあって、男たちは我先に殺到する。

反面、女郎たちの負担は増し、命を落とす者も出るという。

「運よく身体は保《も》ったとしても、新しい見世に戻る前に人手にかかることもありんす」

「そりゃまたどうして」

「仮宅の馴染みの多くは、揚げ代が元に戻ってしまえば通う甲斐性《かいしょう》などござんせん。二度と会えないくらいなら――と、女郎に無理心中《しんじゅう》を仕掛けるのでありんす」

吉原はもとより自害や刃傷沙汰が起きやすい。そのため、見世の男衆《おとこし》が厳《きび》しく目を光らせている。

しかし、勝手が違う仮宅は隅々まで目が行き届かない。にわか馴染みに殺される女郎が少なくないそうだ。

「好いて好かれて死ぬならともかく、揚げ代も工面《くめん》できない男の道連れにされるなんて御免でありんす。しかも、無理心中を仕掛けた男は死に切れないことが多いのだから、開いた口が塞がりんせん」

惚れた女は殺せても、我が身だけは殺せない。それが男の本性だと、美晴は佐平の前で吐き捨てた。

仮宅での商売が長引くほど、そういう不始末が多くなる。だからこそ、仕事の早い佐平は女郎の味方なのだとか。

「けんど、棟梁は己《おのれ》が建てた見世に上がらないのでありんすよ。女房と娘に後ろめたいと言いなんして」

「こりゃまいった。花魁、勘弁してくだせぇ」

たまらず声を上げた佐平が照れくさそうに顔をこする。

お照が実家に帰るたび、吉原へ女郎を買いに行く義理の父とは大違いだ。それにしても、女郎に岡惚れした客が無理心中を図《はか》るなんて知らなかった。

美晴さんは「放っておけ」と言うけれど、この辺りをうろつく輩は大丈夫かね。ある日突然押し入ってきて無理心中をしようとしたら……美晴さんの巻き添《ぞ》えで、あの世に逝《い》くなんて御免だよ。

お照が内心青ざめたとき、美晴がなぜか嘆息《たんそく》する。

「ですから、鶴八を見たときには驚きんした。わっちの住まいと承知の上で、棟梁があねぇな男を寄越すなんて」

その言わんとするところがわからなくて、お照は知らず眉をひそめる。佐平は小さく息を吞んだ。

「女好きの鶴八のこと、わっちを見ればのぼせるとわかっていたはずざんしょう。いくら仕事が立て込んでいても、棟梁は多くの弟子を抱えていなさる。こりゃどうしたことかと思っていたら、お美津さんが乗り込んできて棟梁の狙《ねら》いがわかりんした」

「美晴さん、何がわかったんです」

お照が声に出して尋ねると、美晴の顔に影が差す。

「棟梁はわっちを使って、鶴八とお美津さんの仲を裂こうとしたんざます」

鶴八が美晴に夢中になれば、二人が夫婦《めおと》になることはない。それが佐平の狙いだったと美晴は言う。

だが、これまでの話を聞く限り、佐平は立派な棟梁である。自分の娘の色恋沙汰に美晴を巻き込んだりするだろうか。

「それはちょっと勘繰《かんぐ》りすぎじゃありませんか」

お照が異を唱えると、美晴は佐平に問いかけた。

「棟梁、わっちの考えは言いがかりでござんすか」

佐平は口をつぐんだまま、自分の膝頭《ひざがしら》を見下ろしている。相手に答える気がないと見て、美晴はさらに話を進めた。

「棟梁の預かる作事場から、棟梁の目を盗んで抜け出せるとは思いんせん。百歩譲って一日はできたとしても、三日続けて抜け出すなんて……わっちはわざと見逃したとしか思えないのでありんすよ」

美晴は揉めるのを嫌い、家の周りをうろつくだけの男たちは放っておく。だが、家に押しかけた鶴八はけんもほろろに袖にした。鶴八も脈なしと見て取って、仕事を抜け出さなくなった。この成り行きに焦ったのは佐平だと、美晴は勝手に決めつける。

「これでは鶴八が娘と別れないと焦り、他の弟子をけしかけたのでござんしょう。他の女のことで喧嘩になったことを知れば、お美津さんだって鶴八に愛想を尽かす。棟梁はそう踏んだのでしょうが、女は恋した男より恋敵《こいがたき》を恨むもの。お美津さんはわっちに怒りの矛先《ほこさき》を向けんした。さすがにこればっかりは棟梁の下絵《したえ》通りにいかなかったようでありんすなぁ」

「……俺は、別にそんなつもりじゃ……」

「だったら、どんなつもりだったんざます。棟梁の筋書き通りに進んでいたら、血迷った鶴八がわっちを刺し殺していたかもしれんせん。もしくは、嫉妬《しっと》に狂ったお美津さんがわっちを手にかけることだって」

佐平はそんなことまで考えが及んでいなかったらしい。すっかり血の気が失《う》せてしまい、かすかに唇を震わせている。お照もいまさらながら背筋《せすじ》が凍った。

「大事な娘を守りたい棟梁の気持ちはよくわかりんす。けんど、わっちだって木の股《また》から生まれたわけではござんせん。苦界に身を落とす前は父と母がおりんした」

そう呟く美晴の目にうっすら光るものがある。佐平は合わせる顔がないのか、膝頭を摑《つか》んで歯を食いしばる。お照は無言で二人を見つめた。

おとっつぁんは酔っ払いの喧嘩に巻き込まれて死に、あたしは色恋沙汰のとばっちりで命を落とすなんて冗談じゃない。あたしは死んだおとっつぁんの分まで天寿《てんじゅ》を全《まっと》うしなくっちゃ。

それがいまの自分にできる唯一《ゆいいつ》の親孝行だろう。お照が腹をくったとき、美晴はそっと目元をぬぐった。

「思うところはいろいろあれど、棟梁にはこれからも大工を続けてもらわないと困りんす。今度のことはなかったことにいたしんしょう」

まさか、美晴のほうからそんなことを言い出すとは思わなかった。お照が驚いて目を剝くと、佐平がようやく顔を上げる。

「花魁、本当にすまなかった」

「そう思うなら、娘を甘やかすのはもう止めなんし。いまのままでは嫁に行っても、出戻ってくるだけでありんすえ」

笑えない美晴の軽口に佐平がわずかに苦笑する。そして、来たときとは別人のような力ない足取りで帰っていった。

五

佐平が帰ったあと、美晴は床の間の花をじっと眺《なが》めていた。

お照も大店に十年奉公しただけあって、それなりの行儀作法は身についている。花を活けることも一応できるが、あくまでそれなりだ。美晴は禿《かむろ》のときから姉女郎に厳しく仕込まれたそうで、いつも自分で活けていた。

――大見世で御職《おしよく》を張る花魁は、お茶にお華はもちろんのこと、琴に三味《しやみ》線《せん》、和歌に囲碁《いご》まで嗜《たしな》まなければならないのさ。そこらのお嬢さんたちと違い、嫁に行くわけじゃないってのに。

美晴はそう自嘲《じちょう》して、日陰の身には似合いだと地味な花ばかり活けている。今日は白い桔梗《ききょう》が一輪、黒っぽい花瓶《かびん》に挿《さ》してあった。

何だか声をかけづらいけど、棟梁のことは番頭さんに伝えると断っておかなくちゃ。あとで告げ口がばれるのは嫌だもの。

美晴と暮らして半年余り、まるで占い師か八卦見《はっけみ》のような勘《かん》のよさには何度も驚かされている。お照が意を決したとき、美晴が勢いよく振り向いた。

「ねえ、お照。桔梗って薬になるんだろう。どこを使うか知ってるかい」

藪《やぶ》から棒の問いかけに、お照は出鼻をくじかれる。気を取り直して「存じません」と答えれば、美晴は口を尖らせた。

「何だ、あんたも知らないのかい」

「そんなことより、棟梁のことですよ。美晴さんはなかったことにすると言いましたけど、あたしは反対ですからね。ちゃんと番頭さんに伝えます」

お照が強引に話を変えると、美晴はますます不満そうな顔をした。

「わざわざ伝えなくともいいじゃないか。若い男に言い寄られたと教えれば、変に勘繰られるだけさ」

「そんなことを気にしている場合じゃないでしょう。美晴さんだって棟梁に言ったじゃないですか。血迷った鶴八に刺されていたかもしれないって」

いままでは卯平に対する反発もあり、妾宅の周りをうろつく男のことはいちいち知らせていなかった。

しかし、仮宅での無理心中を知ってしまえば話は違う。

万が一美晴が襲われれば、お照も巻き添えを食いかねない。いっそ、信用できる用心棒を雇いたいくらいである。

「刃傷が起きれば、それこそ大きな騒ぎになります。もしも美晴さんのことが瓦版《かわらばん》にでも書かれたらどうします。たとえ命が助かったたって、先の暮らしが立ちゆかなくなりますよ」

むきになってまくし立てれば、呆れたように苦笑された。

「あれは棟梁を脅かすために、少々大げさに言ったのさ。いくら物騒《ぶっそう》な世の中でも、顔しか知らない相手を襲う馬鹿な男はめったにいない。鶴八だってすぐにしっぽを巻いたじゃないか」

「で、でも、仮宅では無理心中が多いって」

あの話を聞いて、お照はここにいるのが恐ろしくなったのだ。身震いしながら詰め寄れば、美晴が赤い唇を引き上げる。

「たとえ金で買われた仲でも、客と女郎は肌を合わせているんだよ。ろくに言葉も交わしていない一目惚れとはわけが違う。あんただって贔屓《ひいき》の役者と無理心中をしたいとは思わないだろう」

ならば、さっきのは口から出まかせだったのか。お照が怪訝《けげん》に思っていると、不意に話を変えられた。

「ねえ、お照の実のおとっつぁんはどんな人だった？」

「えっ」

「あんたは九つで父親を亡くしたんだろう。実の父親がどんな人か覚えているはずじゃないか」

お照は少々面食らったが、特に隠すことでもない。大好きだった父のことを正直に答えることにした。

「あたしのおとっつぁんは板前でした。色男ではなかったけれど、料理を作る指が女みたいに白くてきれいで……祭りや縁日では、よく肩車をしてくれましたよ」

「へえ、いいおとっつぁんだったんだね」

「はい、少し棟梁に似ていました」

次いで「美晴さんのおとっつぁんは」と、聞きたい気持ちを抑《おさ》え込む。

幼くして吉原に売られた美晴である。十二で奉公に出た自分より両親との縁は薄いだろう。

だが、美晴は最初《はな》から自分のことも話すつもりだったらしい。ためらうことなく口を開いた。

「あたしの父親は、女房と三つになったばかりの娘を吉原に売ったろくでなしさ。もちろん、あたしはその頃のことなんてろくに覚えちゃいないけどね」

借金の形に女房を売る男は、残念ながらめずらしくない。

だが、手のかかる幼子《おさなご》も一緒に売られるなんて初耳だ。

普通は亭主が女房に代わり、幼子の面倒を見るものだろう。血も涙もない扱いにお照は言葉を失った。

「吉原の表通りの見世は二十七で年季《ねん》が明ける。あたしのおっかさんはその二十七で売られたから、掃《は》き溜《だ》めみたいな河岸見世《かしみせ》の女郎にしかなれなかったのさ」

それでも美晴の母だけあって、目を惹《ひ》く美人だったらしい。母親が客を取っている間、美晴は近くに住む糊屋《のりや》のばあさんに預けられていたそうだ。

「歯なんてろくに残っていない山姥《やまうば》みたいな見た目でねぇ。最初はおっかなかったけど、あたしがいまも生きているのはあの人のおかげだよ」

母親は毎日客を取り、美晴が六つのときに亡くなった。その後、美晴は母の残した借金ごと三国屋に引き取られたそうだ。

「糊屋のばあさんが三国屋の楼主と知り合いでね。この子は売れっ妓《こ》になるからと、話をつけてくれたのさ」

こちらの想像をはるかに超える悲惨な生い立ちを聞かされて、お照は困って目を背《そむ》ける。美晴は小声で付け足した。

「父親は血も涙もない畜生《ちくしょう》だし、客もその場限りの嘘をつく。それでも、佐平棟梁は別だと思っていたんだけどねぇ」

ため息をつくその姿に、お照は胸を突かれた。

——わっちだって木の股から生まれたわけではござんせん。苦界に身を落とす前は父と母がおりんした。

そう佐平に言い返した美晴の目には涙が見えた。

あれは亡き両親を思ったのではなく、ひそかに慕っていた理想の父に裏切られた悔し涙だったのか。

しかし、それほどの思いがあるわりには、やけにあっさり許したものだ。お照が怪訝に思っていると、美晴は顎《あご》を突き出した。

「あんたはまるでわかっちゃいない。あっさり許してやったほうが、棟梁のような人には効くんだよ」

美晴が善人であればあるほど、佐平は己のしたことを後悔する。それは美晴への負い目となって、後々役に立つのだとか。

「だから、今度のことは番頭さんに言いなさんな。このあたしが涙まで浮かべて見せたんだ。棟梁にはいずれ役に立ってもらわないとねぇ」

転んでもただでは起きぬとは、まさしくこのことだろう。見た目と違って食えない美晴に胸の痛みも吹き飛んだ。

鬼の目にも涙かと思いきや、すべて計算ずくだったとは。棟梁も巻き込む相手を間違えたみたいだね。

お照は佐平を憐《あわ》れみながら、再び父親について考える。

もし自分の父が生きていて、美晴の父もまっとうな人だったら……果たして、自分たちはどんな人生を歩んでいただろう。

だが、すぐに空《むな》しくなって、考えるのをやめてしまった。

その三　鬼のそら念仏《ねんぶつ》

一

――嘘《うそ》つきのことを「千三《せんみ》つ」って言うだろう。あれは千に三つしか本当のことを言わねぇって意味なんだが、女郎《じょろう》なんて千にひとつも本当のことを言いやしねぇ。特に憐《あわ》れな身の上語りには気を付けろ。他人《ひと》の同情を引くために、お涙頂戴《ちょうだい》の作り話をもっともらしく語りやがるんだから。

美晴の世話を始める前に、お照は義父の卯平からしつこく言い聞かされていた。

たとえ涙ながらに言われても、女郎の言葉に真実なんてひとつもない。信じたほうが馬鹿《ばか》を見ると。

お照はそのとき、器量自慢のお早紀のせいで痛い目を見た後だった。いまさら言われるまでもないと、みなまで聞かずうなずいた。

女は顔がきれいだと、心はかえって汚くなる。美晴も男を誑《たぶら》かす性悪女《しょうわる》に違いないと眉《まゆ》に唾《つば》をつけていた。

ところが、顔を合わせてみれば、予想と大きく違っていた。

美晴は男に媚《こび》を売るが、女のお照には本音《ほんね》を言う。お照が妾宅《しょうたく》の女中になったわけを知ると、お早紀を丸田屋から追い出すきっかけまで作ってくれた。もちろん、酒で酔わせて口を割らせる手口はどうかと思うものの、自分のことを思いやってくれたのは確かである。

だから、美晴が語った身の上話をお照は信じることにした。

河岸見世《かしみせ》女郎だった母に死なれて、六つで三国屋に買われたなんて……。美晴さんはさぞ苦労したんだろうね。

吉原の花魁《おいらん》は踊りや三味線《しゃみせん》、琴に加え、和歌に囲碁《いご》まで身につけるとか。いまだに雑巾《ぞうきん》ひとつまともに絞れない美晴のことだ。すべての芸を身につけるため、どれほど稽古《けいこ》をしたことか。

十二で奉公に出たあたしだって、最初の一年はおっかさんが恋しくて仕事がつらくて仕方がなかった。ほかの奉公人からは面倒な雑用ばかり押し付けられて……見かねて助けてくれたのは、お関さんだけだったもの。

幼い美晴は頼る人もいない中、ひたすら大人の顔色をうかがい、機嫌を取ったに違いない。他人の心を見透《みす》かすことができるのはそんな苦労の賜物《たまもの》だろう。寺参りを好むのは、人を騙《だま》して生きてきた罪滅《ほろ》ぼしのつもりなのか。

女郎に騙されたくなかったら、吉原なんか行かなければいい。男は好きで吉原へ騙されに行くのである。

そんな女護ヶ島ならぬ鬼ヶ島――吉原はどんなところなのか。お照はふと気になって、朝餉《あさげ》を終えた美晴に尋《たず》ねた。

「三国屋で美晴さんを買うには、いくらかかったんですか」

朝っぱらからの無遠慮な問いかけに元花魁は怒りもしない。一瞬目を瞠《みは》ったのち、赤い唇の端《はし》を引き上げた。

「あたしは平昼三《ひらちゆうさん》だったから、揚《あ》げ代《だい》だけなら三分《ぶ》だよ。その上の呼び出しに新造《しんぞ》がつけば一両一分さ」

吉原の女郎の中で最も位《くらい》が高いのが、花魁道中をする呼び出し昼三なのだという。お照の奉公先だった丸田屋の主人の敵娼《あいかた》で、美晴も世話になった美雲はその呼び出しなのだとか。

つまり小判が一枚あれば、美雲花魁は無理でも、美晴さんは買えたのか。吉原はべらぼうに金がかかるというけれど、思ったほどじゃなかったよ。

一両（四分）は大金だが、一人前の男なら工面《くめん》できない額《がく》ではない。お照が納得していると、美晴がかすかに眉を寄せた。

「ちょいと、勘違《かんちが》いしなさんな。たった三分であたしを買えると思ったら大間違いだよ」

「それでも、一両あれば足りるでしょう」

酒や料理の代金が一分を超えることはあるまい――お照がそう言ったとたん、美晴に鼻で笑われた。

「ふん、一両ぽっちで足りるもんか。引手《ひきて》茶屋の座敷代と料理代、さらに茶屋の主人と世話になった男衆《おとこし》や仲居《なかい》への心付けもいるんだよ。にぎやかしに芸者や幇間《ほうかん》を呼べば、その分の金も必要になる。もちろん目当ての花魁に祝儀《しゅうぎ》をやらなきゃいけないし、そもそも客の身なりだってみすぼらしいと舐《な》められる。昼三とまともに遊べば、まず二十両は下らないね」

白魚《しらうお》のような指を折りながら、あれもこれもと付け加える。その金額の大きさにお照は顎《あご》を落としかけた。

「ちょ、ちょっと、待ってくださいよ。花魁を買うだけなら、芸者や引手茶屋はいらないでしょう」

「芸者はともかく、引手茶屋は省《はぶ》けないよ。大見世は茶屋を通さないと、見世に上がれないからねぇ」

素上《すあ》がりのできる中見世《ちゅうみせ》や小見世《こみせ》と違い、総籬《そうまがき》の大見世は引手茶屋が認めた客しか相手にしない。

また、茶屋の主人は金持ちを見慣れているせいで、客の素性《すじょう》や懐《ふところ》具合をひと目で見抜くことができるという。花魁道中に憧《あこが》れて借金をして吉原に来たような輩《やから》は初手《しょて》から相手にされないそうだ。

「おかげで、あたしの客は大名旗本のお殿様か大店《おおだな》の主人、さもなきゃ田舎《いなか》のお大尽《だいじん》ばっかりさ。ただの町人には高嶺《たかね》の花だよ」

見くびるなと言いたげに、美晴が肩をそびやかす。お照は目を見開いて美晴の顔を改めて見た。

隙《すき》なく整った目鼻立ちに、右目の泣き黒子《ほくろ》が色気を添《そ》える。この顔を間近で見るために、吉原では二十両もかかったのか。

丸田屋で奉公していたとき、お照の給金は年二両だった。

恋仲だった手代《てだい》の新吉でも年五両だったから、たった一晩で四年分の給金が吹き飛ぶことになる。いや、奉公人の分際《ぶんざい》では、そもそも相手にされないのか。

「しかも、初会は床入りなんてできないからね。あたしと床入りしたければ、三度通って馴染《なじ》みにならなきゃ」

「ええっ」

さらに驚くべきことを言われて、お照は開いた口が塞《ふさ》がらない。どこまであこぎなんだと文句を言えば、美晴が口を尖《とが》らせた。

「それが昔からのしきたりなのさ。大見世に来る客にとって、二十両なんてはした金だよ」

ならば、丸田屋伊兵衛はどれだけ散財したのだろう。こっちは年二両の給金でこき使われていたというのに。面白くないお照が「もっと安い見世はないんですか」と尋ねれば、美晴がとまどったように小首を傾《かし》げた。

「中見世や小見世なら、一両でも遊べるんじゃないかねぇ。もっとも、売れっ妓《こ》は廻《まわ》しを取るから、金払いの悪い客はふられるけどさ」

女郎は見世と位によって、一晩の揚げ代が決まっている。

しかし、売れっ妓は一晩に何人も客を取るため、客は女郎の訪れをじっと待つことになる。

襖《ふすま》や衝立《ついたて》越《ご》しに生々しい音や声が聞こえる中、ひとり寝て待つ間は長い。パタパタという上草履《うわぞうり》の音が何度も廻し部屋の前を通り過ぎ、その都度《つど》起きて確かめても、目当ての女は現れない。そのうちしらじら夜が明けて、ふられて帰ることになる――と語る美晴は名調子だ。

「でも、傍目《はため》にはふられたなんてわからないだろ？　寝不足で目が赤いのを『昨夜はさぞ楽しんだらしい』と、周《まわ》りは勘違いしてくれる。そうなりゃ、見栄《みえ》っ張《ぱ》りの江戸っ子だもの。女郎に文句なんて言えないよ」

得意げな元花魁とは裏腹に、お照の顔は引きつっていた。男はどうしてそんなところに金を捨てに行くのだろう。

「手っ取り早く女を抱きたいなら、お歯黒溝《はぐろどぶ》に面した河岸見世がお勧《すす》めだ。表通りの見世よりも女郎が年増《としま》になるけどね」

二畳一間《にじようひとま》の河岸見世は枕と布団だけがあり、売値は一切《ひときり》（約十分）百文《ひやくもん》だ。ここなら客がふられることも、女郎の機嫌を取る必要もない。その代わり、せわしないという。

「チョンの間（約十分）では終わらなくとも、小半刻《こはんとき》（約三十分）までかからない。それを承知で次の客が見世の前で待つんだよ。中見世や小見世の女郎なら、廻しを取っても一晩で五人かそこらだし、すべての客と寝るわけじゃない。だけど、河岸見世は一刻《いっとき》（約二時間）ちょっとで、五人の客を取ることだってあるんだから」

お照はその状況を想像して、ひとごとながら震えがきた。文字通り我が身を切り売りしても、河岸見世女郎は五百文から千五百文しか儲《もう》からない。さらに祝儀もつかないし、客をひとり取っただけで稼《かせ》ぎは三倍から六倍だ。

美晴の揚げ代は三分というから、銭に直すとおおよそ三千文。さらに祝儀もつくらしいし、客をひとり取っただけで稼《かせ》ぎは二倍から六倍だ。

同じ女でありながら、何がそんなに違うのか。女の見た目や歳《とし》の若さはそれほど大事なものなのか。

「揚げ代が安い分、休みなく客を取らされて……病《やまい》持ちだとわかっても断ることはできないから、河岸見世女郎は早く死ぬのさ」

低く呟《つぶや》く美晴の顔には色濃い憤《いきどお》りが浮かんでいる。

美晴の母はその河岸見世の女郎だったのだ。お照は不意に気まずくなり、慌《あわ》てて話を変えようとする。

「あ、あの、美晴さんは一晩で大金が稼げたでしょう。旦那に身請《みう》けされなくても、自分の稼ぎで借金を返せたんじゃないですか」

「あんたは何もわかってないね。女郎の稼ぎはすべて楼主の懐に入るんだ。猿回しは飼っている猿に金をやったりしないだろう。女郎だって同じことさ」

そして芸を覚えた猿と同じく、女郎も次第《しだい》に老《お》いていく。全盛を誇った花魁も年季明《ねんあ》け間際《まぎわ》は落ち目になって、惨《みじ》めな思いをするそうだ。

「無事に年季が明ければ、遣手《やりて》や番頭新造になることもできるけど……楼主の手先に成り下がって女郎衆をこき使うなんて、あたしは真《ま》っ平御免《ぴらごめん》だね」

「じゃあ、若いうちに大門《おおもん》の外に出してくれた旦那様は、美晴さんの恩人ですね」

いまの話を聞く限り、十八になってすぐに身請けされたのは幸運だったはずである。美晴はなぜか意表を突かれたように瞬《まばた》きしたが、すぐににこりと微笑《ほほえ》んだ。

「そういえば、去年の月見は旦那と一緒だったんだよ。今年は御新造さんの手前、どうなるかねぇ」

吉原では八月十五日の月見のほか、節句《せっく》などの特別な日を「紋日《もんび》」と呼び、その日を女郎と過ごす客を一番の馴染みとするそうだ。美晴はそう説明すると、床柱《とこばしら》に立てかけてあった三味線を手に取った。

この三味線は吉原から持ち出した唯一《ゆいいつ》の品らしい。無駄話はこれでお開きかと、お照はお櫃《ひつ》を抱《かか》えて座敷を出た。

ツツンテンシャン、チトシャン、シャン、シャン……。

どこか憂《うれ》いを含む三味線の音に耳をそばだて、お照は釜《かま》を抱えて妾宅の外にある井戸へ行く。調子のいい音に合わせて釜の焦《こ》げ飯を落としていると、美晴が餌《えさ》をやっているトラ猫が寄ってきた。

「おや、また来たのか。美晴さんはいま三味線を弾いている最中だ。これでよけりゃ、食べるかい」

試しに水でふやけた焦げ飯をやってみたけれど、美晴のおかげで一回り大きくなったトラ猫は見向きもしない。不満そうな声で鳴くと、お照のそばで丸くなる。目を閉じたその顔は三味線の音に聞きほれているようだ。

「猫に三味線の良し悪しがわかるのかねぇ。三味線の胴には猫の皮が使われているって話だけど」

問わず語りで重たい釜を洗っていると、いきなり弦の音が絶えた。

まさか、美晴の身に何かあったのか。お照が急いで駆けつければ、美晴は三味線を手に困った表情を浮かべていた。

「美晴さん、どうかしましたか」

「ああ、見とくれよ」

そう言って差し出された三味線は胴の皮が破れている。「朝っぱらから、ついていない」と、美晴は悲しげに嘆息《たんそく》した。

「いますぐ吉原に行って、直しを頼んで来ておくれ。角町《すみちょう》に彦三《ひこぞう》って三味線造りの年寄りがいるからさ」

「何も吉原まで行かなくたって……三味線の張り直しくらいこの近くでもできるでしょう」

いくら主人の言いつけでも、亀井町から吉原は遠い。

何より、吉原にまつわる恐ろしいあれこれを聞いたばかりだ。控えめに言い返したところ、美晴が目を吊《つ》り上げた。

「この三味線はあたしの宝物だ。見ず知らずの職人に触《さわ》ってほしくないんだよ」

いきなり声を荒らげられて、お照は内心飛び上がる。「だったら、一緒に行きましょう」と美晴を誘ってみたけれど、即座に首を横に振られた。

外から吉原に来る女は、大門をくぐってすぐそばにある四郎兵衛《しろべえ》会所《かいしょ》で切手《きって》をもらう。帰りにその切手がないと、外に出られなくなるそうだ。

「吉原の女郎なら誰だって、一度は会所の切手を欲しいと思う。その切手を懐に知り合いと会うなんてごめんだね」

ならば、なおさらこの近くの職人に頼めばいい。狭《せま》い吉原よりもっと腕のいい職人がいるはずだ。

　お照が負けじと訴えると、今度は美晴の眉が下がった。

「そういけずを言いなさんな。この三味線は死んだおっかさんの形見なんだよ。吉原への行き帰りは駕籠《かご》を使っていいからさ」

　そんなふうに言われると、たちまち断りづらくなる。お照の迷いを見透かすように、美晴が「そうだ」と手を打った。

「あんたのおとっつぁんのお墓は浅草《むこう》のほうだったろう。盆は嵐で墓参りに行けなかったとこぼしていたじゃないか。ついでに寄ってくればいい」

　願ってもない申し出に、お照もにわかにその気になる。

　同時に、何かが引っかかった。

「あの、美晴さんのおっかさんのお墓はどこですか」

　寺参りはさんざん付き合ったけれど、墓参りに付き合った覚えがない。たまには墓参りをしたほうがいいと言えば、いきなり美晴が笑い出す。

「あたしのおっかさんの墓なんてあるもんか。河岸見世女郎の供養なんて、一体誰がするってんだい」

　吉原の女郎の大半は借金を抱えたまま、病や怪我《けが》、時には客の手に掛かって命を落とす。楼主はその都度、亡骸《なきがら》を筵《むしろ》に巻いて近くの寺に運ばせるだけだという。

「うちのおっかさんも亡《な》くなってすぐ三ノ輪《みわ》の浄閑寺《じようかんじ》に投げ込まれたよ。野ざらしにはなっていないから大丈夫さ」

吐き捨てるように言い放《はな》たれて、お照は言葉を失った。

旅の途中で亡くなっても、その場に居合わせた人が弔《とむら》ってくれる。吉原は女郎で大金を儲けているくせに、墓すら建ててくれないのか。

だったら、余計放っておけない。お照はまっすぐ美晴を見た。

「わかりました。あたしはいまから吉原に行って三味線の直しを頼んできます」

「ああ、助かるよ」

「その代わり、美晴さんは明日にでも浄閑寺に行ってください。あたしも一緒に行きますから」

「別に、そんなことをしなくとも……」

「美晴さんが十八で身請けされたのだって、あの世のおっかさんのご加護があったからです。粗末にしたら罰《ばち》が当たります」

本心からそう言えば、美晴はややしてうなずいた。

二

お照が吉原に着いたのは、ちょうど正九ツ（正午）だった。

美晴に言われた通り高札《こうさつ》の手前で駕籠を降り、五十間道《ごじっけんみち》を通って大門をくぐる。そのすぐ脇の四郎兵衛会所に声をかけて、道中手形ならぬ切手をもらった。

「いいか。こいつがないと、おめぇは吉原《ここ》から出られねぇ。絶対に落としたりするんじゃねぇぞ」

こちらの名と住まいを帳面に付けた番太郎《ばんたろう》がふんぞり返って切手を差し出す。お照は礼を言って受け取った。

「それにしても、女ひとりで物好きな。さては、器量よしの知り合いが身売りでもしたのかい」

場所柄、女がひとりで来るのはめずらしいのだろう。詮索《せんさく》がましいことを言われて、お照は思わずむきになった。

「そんなんじゃありませんっ。あたしは主人の遣《つか》いで、ここの職人に三味線の直しを頼みに来ただけです」

カッとなって持参の三味線箱を突き出せば、相手は納得したようにうなずいた。

「それで、おめぇはどこに行く」

「角町です」

「場所はわかるか」

「いいえ」

初めて大門をくぐったのに、場所なんてわかるはずがない。むっつりと頭《かぶり》を振れば、相手はお照の左前方を指さした。

「すぐそこに木戸が見えるだろう。その両脇にあるのが江戸町一丁目だ。大門から真っ直《す》ぐに延びている通りが仲之町《なかのちょう》、それを挟《はさ》んで一丁目の向かいにあるのが二丁目で、角町は二丁目の奥にある」

立て板に水と説明されて、お照は目を白黒させた。

ええと、いまあたしが見ているのが美晴さんのいた江戸町一丁目か。振り返ったところにあるのが二丁目で、その向こうが角町ね。

仲之町は真っ直ぐな上に幅が広く、ずっと先まで見通せる。お照はその両脇の町並みを目で追って、番太郎に頭を下げた。

「御親切にありがとうございます」

「礼なんかいらねえから、用がすんだらさっさと帰りな。くどいようだが、くれぐれも切手はなくすなよ。前に切手をなくした田舎者の女房は羅生門河岸《らしょうもんがし》で客を取っているって聞くからな」

親切とも脅《おど》しともつかない台詞《せりふ》を最後に言われ、お照は顔をしかめながら仲之町を歩き出した。

吉原の中央を貫く大通りには、四季に応じて花が植えられる——と、前に美晴が言っていたが、いまは何も咲いていない。

あと十日もすれば月見だけど、薄《すすき》とかは植えないのかね。来月は菊の節句だから、これから菊を植えるのかしらん。

見るものすべてが物めずらしく、お照はきょろきょろしてしまう。

まだ日が高いからなのか、仲之町には数えるほどしか人がいない。歩いている女たちの恰好《かっこう》も大門の外と変わらなかった。

これなら両国や下谷のほうがはるかににぎわっているじゃないか。明るいお天《てん》道様《と》の下だと、吉原もたいしたことはないんだね。

腹の中でうそぶきながら、江戸町一丁目の木戸をくぐる。この際、美晴がいたという三国屋をこの目で見てみよう。

表通りの両脇に並ぶ妓楼《ぎろう》は大小の違いはあれど、どこも二階建てである。一階の張見世《はりみせ》の向こうには、着飾《きかざ》った女たちが座っている。それぞれ妖しい笑みを浮かべながら、中をのぞく浅葱裏《あさぎうら》の侍《さむらい》に自分の煙管《キセル》を差し出していた。

日の高いうちから女郎買いに来るなんて、罰当たりにも程がある。だから二本差は好かないんだよ。

お照は大股《おおまた》で歩みを進め、三国屋の提灯《ちょうちん》が下がった立派な妓楼の前で足を止める。呼び出しの花魁は張見世に座らないと、前に美晴が言っていた。

二階の張り出し窓の障子《しょうじ》は大きく開いていたけれど、それらしい人の影はない。見世一番の売れっ妓はすでに客の相手をしているのか。

高値の花を拝《おが》めないのは残念だが、こればっかりは仕方がない。お照は三国屋を見ただけで満足して、木戸のほうへと引き返す。その後はまっすぐ角町に行き、目に付いた菓子屋の暖簾《のれん》をくぐった。

「すみません。この町内に三味線造りの彦三さんが住んでいると聞いたんですけど、ご存じないですか」

「彦三さんかい？　そういや、今日は静かだな。いつもはもっとうるさいから、教えるまでもねぇんだが」

菓子屋の主人がそう言ったとたん、三味線の音が聞こえてくる。「ああ、噂《うわさ》をすれば」と、主人は笑った。

「この三味線を弾いているのが彦三さんだよ。うちの裏を真っ直《つ》ぐ行って、路地の突き当たりにある長屋にいる。迷ったら、三味線の音がするほうに歩っていけば間違いないから」

どうやら、「三味線造りの彦三」はそれなりに知られているようだ。お照が礼を言うと、主人がすかさず揉《も》み手をする。

「土産《みやげ》にはうちの大福《だいふく》がお勧めだよ。彦三さんの好物だ」

「……三つください」

菓子屋に道を尋ねたときから、こうなることは覚悟していた。

お照は大福の包みを袂《たもと》に入れて、菓子屋の裏に回る。言われた通り路地を進めば、長屋の木戸口に「彦三」の名札があった。

「あの、ごめんください」

三味線の音を頼りに声をかけたが、目の前の腰高《こしだか》障子は動かない。

中に人はいるはずなのに、どうして返事すらないのだろう。おっかなびっくり障子を開ければ、白髪《しらが》頭の年寄りが三味線を抱えたままこっちを見た。

「何だい、あんたは」

「あたしは江戸町一丁目の三国屋にいた美晴さんの遣いで参りました。この三味線を直してほしいんです」

まずは持参の三味線を置き、続いて買ったばかりの大福も出す。彦三はそれを受け取ってから、三味線を見て嘆息した。

「ああ、皮が破れたか。花魁はまだこの三味線を弾いてんのかい」

「はい。今朝《けさ》も弾いていたら破れてしまって」

「こいつはあまり弾くなと言ったのに。見ろ、この棹《さお》を」

年寄りが指さす先を見ると、黒ずんだ棹の中ほどを真横に亀裂が走っていた。

「母親の形見だから何とかしておくんなんしと、突出し前の美晴に泣きつかれてな。苦心惨憺《くしんさんたん》接いだはいいが、力を加えりゃ、また折れかねねぇ。だから、あまり弾くなと言ったんだが」

「はあ」

「こいつは皮を張り替えたって、いつまで保《も》つかわからねぇぞ。いっそ、紫檀《したん》か紅木《こうぼく》でも使った高価なやつを買ったらどうだい。なに、花魁の旦那に言えば、いくらでも出してくれるだろう」

さも名案を思いついたと言いたげに、笑顔の彦三が身を乗り出す。お照は勢いよく首を左右に振った。

「あ、あたしが美晴さんに頼まれたのは、三味線の直しです。新しい三味線を買ってこいとは言われていません」

「そりゃ、わかっているが……ああ、やっぱり棹のひびが前より大きくなっているじゃねぇか」

彦三はブツブツ言いながら、胴より棹をじっと見ている。

その真剣な表情を見て、美晴が彦三にこだわった意味をようやく悟る。他の職人に頼んだら、きっと断られていただろう。

お照は渋る彦三を拝み倒し、三味線の直しを引き受けさせた。無事役目をこなして立ち去ろうとしたところ、「河岸には近づくな」と釘を刺された。

「表通りに出たら、木戸のあるほうへ行け。反対側の羅生門河岸は昼間でも物騒《ぶっそう》なところだからな」

そういえば、四郎兵衛会所の男も「切手をなくした女房が羅生門河岸で客を取っている」と言っていた。お照は彦三に礼を言い、手ぶらで長屋を後にした。

でも、せっかくここまで来たんだもの。遠目にちょっとのぞくだけなら、危ないこともないわよね。

かつて、美晴の母がいた場所は一体どんなところなのか。

物見高さに背中を押され、お照は木戸を背にして進んでいく。すると、頰《ほお》かむりをした猫背の男が向こうからやってきた。

「おや、ひょっとひてひんがおかい」

「……何ですか」

言葉がちゃんと聞き取れなくて、お照は一歩男に近寄る。すると、頰かむりの下の顔には鼻がなかった。

「顔はたいひたこたぁねぇが、とひはまだわかほうだ。また会ったら、買ってやろう。おまえの名は何てんだい」

今度はちゃんと意味がわかり、お照は「ひっ」と悲鳴を漏《も》らす。慌てていま来た道を駆け戻り、そのまま角町の木戸をくぐった。

いまの男は河岸見世で女郎を買った帰りだろうか。表通りの見世と違い、河岸見世は「病持ちでも断らない」と美晴が前に言っていた。あんな男と寝ていたら、病になって当然だろう。

一切百文で男に抱かれ、おまけに病までもらうなんて……美晴さんのおっかさんが早死にするのも無理ないよ。

お照は冷や汗をかきながら、懐の切手を確かめた。

翌朝、お照は腰の重い美晴を急き立《せ》てて、駕籠に乗って浄閑寺に向かった。

浄閑寺は吉原の北西にあり、周囲を田んぼに囲まれている。そこに不幸な女郎の亡骸が眠っていると思うせいか、周りに人家がないからか、ぽつんと建っているさまはひどく物寂《ものさび》しい眺《なが》めだった。

「すまないけど、ここで待っていて」

「へえ、どうぞごゆっくり」

駕籠を降りた美晴は駕籠かき二人に命じると、後ろも見ないで歩き出す。お照は遅れて駕籠を降り、下駄《げた》をつっかけて主人の後を追いかけた。

急な石段を並んで上り、山門をくぐって境内《けいだい》に入る。そこは静まり返っていて、お参りらしき人どころか小坊主の姿さえ見かけない。

美晴とこれまで足を運んだ、多くの人でにぎわう寺とは大違いだ。馴染みのない静けさがひどく不気味に感じられて、お照の歩みが遅くなる。

一方、美晴は脇目も振らず進んでいく。置いてきぼりになるのが嫌で、お照は急いで駆け寄った。

「あの、和尚《おしよう》様に挨拶《あいさつ》をしてお墓の場所を聞いたほうが……」

「いいから、黙ってついといで」

強い調子で命じられ、お照はおとなしく従った。そして、立派な墓が並ぶ墓地の外れで、美晴がようやく立ち止まる。

「この辺のどこかにおっかさんが埋まっているはずさ」

「えっ」

「おっかさんが死んで、もう十年以上が経《た》つ。とっくに土に返ったろうが……案外、あんたの足元に埋められていたかもしれないねぇ」

振り返った美晴に指をさされて、お照は後ろに飛びのいた。それがおかしかったのか、美晴がかすかに口を緩《ゆる》める。

「あんたに言われるまでもない。あたしだって、おっかさんをちゃんと供養したいと思っていたのさ」

母親が死んだとき、美晴はまだ六つだった。

以来気になっていたものの、女郎は年季が明けるまで大門の外には出られない。美晴は喜三郎に身請けされると、真っ先に浄閑寺に来たという。

だが、教えられた墓所には母の墓標はもちろんのこと、土饅頭《どまんじゆう》すら置かれていない。どこに向かって手を合わせればいいのかと、しばし立ち尽《つ》くしたそうだ。

「本当にここに埋められたのかと、頼み込んで過去帳も見せてもらったけどね。死んだ女郎は本名どころか、源氏名だって記《しる》されちゃいなかった。過去帳にあるのは誰のものとも知れない戒名《かいみよう》と、死んだ女郎がいた見世の名だけさ」

淡々と語られる話の中身に、お照は息が苦しくなった。美晴は女郎を猿回しの猿に喩《たと》えたけれど、死んで葬《ほうむ》られるときですら人の扱いをされないのか。

「こんなところで手を合わせても、おっかさんはきっと成仏《じようぶつ》できない。あちこちの寺を回り、秘仏に手を合わせたのも……」

「美晴さん、すみませんでした」

お照はみなまで聞いていられず、美晴の言葉をさえぎった。

美晴が仏の功徳《くどく》を願ったのは、客を騙した罪の償《つぐな》いではない。死んだ母の成仏を願えばこそだったのだ。

――善人《ぜんにん》なおもて往生《おうじよう》をとぐ。いわんや悪人をや。

――親鸞聖人《しようにん》さまのお言葉のひとつで、迷いの多い弱い者ほど仏の慈悲《じひ》で往生できるというありがたい教えでござんすよ。

満開の桜の下、美晴が十手《じって》持ちに言った言葉を思い出す。お照は勘違いしていた自分が情けなくなったけれど、美晴は怒るでもなく「別にいいよ」と苦笑した。

「あたしだって本音を言えば、誰かにここを見てほしかった。一番見てほしいのは、女房や娘を売った金でのうのうと暮らしている男だけどね」

死んだ女郎のすべてが浄閑寺に運ばれるわけではない。身内が「せめて骸《むくろ》を引き取りたい」と申し出ることもあるそうだ。

もっとも、そういう家はごくまれで、多くは「もう縁が切れている」と知らん顔をするらしい。

「妹を売った金で仕官した侍や、娘を売った金で店を立て直し、裕福になった商人だっているんだよ。そういうやつらに限って、売り飛ばした身内が死んでも供養しようとしないのさ」

問わず語りを続ける美晴の目は異様な光を放っている。お照は蛇に睨まれた蛙《かえる》のように、ひたすら息を殺していた。

「血も涙もないやつらには、いずれ必ず罰が下る。神仏はちゃんと見ていてくださるはずだもの。お照もそう思うだろう」

「は、はいっ」

あまり神仏は当てにしないお照だが、相手の剣幕に圧倒されて大きな声で返事をする。美晴は満足そうにうなずくと、西に向かって手を合わせた。

「さて、あんたもこれで気がすんだだろう。駕籠を待たせていることだし、とっとと帰るよ」

振り返った美晴はそう言って、元来たほうへと歩き出した。

三

浄閑寺から帰った晩、お照はめずらしく夢を見た。

丸田屋では十年間、夜明け前に起きていた。

いまはもっと寝ていて構わないのに、暁《あかつき》七ツ（午前四時）の鐘で目が覚める。その代わり夜四ツを過ぎれば上の瞼《まぶた》と下の瞼がくっつきたがり、床に入るとすぐ寝てしまう。夢などめったに見ないのに、なぜか「これは夢だ」とわかっていた。

お照は死装束《しにしょうぞく》のような白帷子《しろかたびら》を着て、素足で地べたを歩いている。そこは見渡す限り何もなかった。

恰好からして変だけれど、立っている場所がまたおかしい。見渡す限り何もない場所なんて、江戸にあるはずがない。本来、何もないはずの火除《ひよ》け地ですら、粗末な仮小屋がひしめいている。

ここはどこだろう。

あたしは何で、こんなところに……。

地べたには大小の石が転がっているだけで、草木一本生えていない。人の気配も物音もなく、お照は夢と承知で途方に暮れた。こんな辛気《しんき》くさい夢を見るくらいなら、朝までぐっすり眠りたかった。

それでなくとも、昨日、今日と慣れない場所でくたびれたのだ。特に今日の浄閑寺は居たたまれなくて――と思ったところで、気付いた。

ここはろくに供養されなかった女郎の墓場と似ているのだ。

――おっかさんが死んで、もう十年以上が経つ。とっくに土に返ったろうが……案外、あんたの足元に埋められていたかもしれないねぇ。

からかうような美晴の声がよみがえり、夢の中で凍り付く。

この果ての見えない広がりは、死んだ女郎の多さを示しているのか。そう思ったら怖《こわ》くなり、お照は全力で駆け出した。

昼とも夜ともつかない薄闇の中、見えるのはどこまでも続く地べただけ。こんなところに、ひとりでいたくない。

他に誰かいないのか。

お照は大声を出そうとして――ようやく、嫌な夢から醒《さ》めた。

夜目にも見慣れた天井が目に入り、心の底からほっとする。

寝巻がやけにひんやりするのは、寝汗をかいたせいだろう。その後は寝直す気にもなれず、暁七ツの鐘を待って身を起こした。

「おや、今朝は妙にしょぼくれた顔をしているじゃないか。昨夜はよく眠れなかったのかい」

いつも通りに起こされた美晴はお照を見て首を傾げた。

あらかじめ、母の墓について承知していたせいだろう。昨日のことはかけらも引きずっていないようだ。

こっちはそのせいで、ろくでもない夢を見たっていうのに。文句を言ってやりたくとも、嫌がる美晴を強引に連れ出した覚えはあった。

ここで余計なことを言えば、藪《やぶ》から蛇が出てきてしまう。お照はやむなく作り笑いでごまかした。

「そんなことありません。ところで、新しい三味線は買わないんですか。直しに出している三味線はあまり弾くなと、彦三じいさんが言っていましたよ」

「あたしがあたしの三味線をどうしようと勝手じゃないか。あの年寄りは昔っから、新しいのを買わせたくって仕方がないのさ」

その後、美晴が朝餉を食べ終えると、お照は素早く立ち上がる。

「おや、今朝はおしゃべりしないのかい」

このところは朝餉の後で、美晴に吉原のことを聞いていた。

だが、今日はとてもそんな気分になれそうもない。お照は「汚れ物が溜《た》まっているので」と言い訳する。

「だんだん日が短くなってきましたから、早めに干さないと日暮れまでに乾きません。今日のおしゃべりはあきらめます」

女の二人暮らしでは、汚れ物などそれほど出ない。美晴は何か察したのか、重ねて言われることはなかった。

美晴の住む妾宅は人通りの少ない路地に面している。厠《かわや》は塀《へい》の内にあるけれど、井戸は周りと共用だ。

それでも大勢が住む長屋の井戸と違い、人で混みあうことはない。卯平もその辺《あた》りを見越してここを妾宅にしたのだろう。

毎日顔を合わせていれば、何かと詮索されるからね。元花魁は誰に囲われているのかと、るのかと、問い質《ただ》されたら厄介《やっかい》だもの。

いつもは朝餉の後におしゃべりして、他人と会うのを避けていた。今朝はそれをしなかったから、誰かと出くわすかもしれない。

恐る恐る井戸に行けば、誰も使っていなかった。お照は井戸端にしゃがみ、美晴の腰巻を洗い出す。

母と卯平、お早紀と伊太郎のような夫婦を見て、自分は一生連れ添わなくとも構わないと思っていた。幸い身体《からだ》は丈夫だし、女中仕事は慣れている。卯平の勧める縁談が気に入らなければ、しっかりしたお店《たな》に住み込んで一生奉公をしてもいいとすら思っていた。

だが、昨日目にした墓地と夢で、その覚悟が大きく揺らいでしまった。

一生元気に働いて、コロリとあの世に逝《い》ければいい。年老いるまで尽くした奉公人は手厚く弔ってもらえるだろう。

けれどもし、働き盛りのうちに怪我をしたり、不治の病で寝込んだりしたら……。わずかな見舞金と引き換《か》えに、店から追い出されてしまう。その後は動けなくなった自分の世話を誰がしてくれるのか。

その頃は、きっとおっかさんも死んでいる。亭主や子がいなければ、誰もあたしを案じてなんてくれないよ。

そう気付いてしまったら、心底《しんそこ》恐ろしくなった。

無病息災《むびょうそくさい》で通せるならば、一生独《ひと》りでも構わない。

しかし、その保証がない以上、所帯を持つほうが安心だ。それなら怪我や病で床に就《つ》いても、惨めに死ぬことは避けられる。

たとえ亭主に先立たれても、我が子がいればどうにかなる。その子が大人になれば、老いた母を労《いた》わってくれるだろう。死んだらきちんと葬式を出し、墓参りだってしてもらえる。

女独りで生きるより、やっぱり嫁に行ったほうが間違いない。お照はそう結論付けると、力一杯腰巻を絞った。

年増と言っても、あたしはまだ二十三だもの。

身体は丈夫で働き者だし、見た目だって特別悪いわけじゃない。町人の女房には何の不足もないはずよ。

そして、早々に洗濯を終えたところへ、はす向かいの家の女中がやってきた。

「お照さん、おはよう。おや、洗濯はもう終わったのかい」

「ええ、今朝は早めに始めたから」

両手に汚れ物を抱える相手はお藤《ふじ》と言い、五十過ぎのしなびた学者に仕《つか》えている。お照が洗い終わったものを抱えて立ち去ろうとすると、「ちょっと待って」と呼び止められた。

さて、今朝はどんな探《さぐ》りを入れられるやら。かすかな苛立《いらだ》ちを押し隠し、「何でしょう」と振り返れば、

「急だけど、あたしは明日で暇《ひま》を取ることになったんだ。あんたには一言断っておこうと思ってね」

「あら、ずいぶん急ですね」

思いがけない話を聞いて、お照は内心眉を寄せた。

お藤の主人は昔の和歌について調べているとかで、いささか浮世離れしている。お節介なお藤は美晴について根掘り葉掘り尋ねる傍《かたわ》ら、頼りない主人のことを面白おかしく語っていた。

――いくら昔の和歌《みそひともじ》を知っていたって、いまの世をてんで知らないんだもの。ああいうのを利口《りこう》馬鹿って言うんだろうね。

必ず「ここだけの話」と断っていたけれど、他でも同じように話していただろう。とはいえ、不満はなさそうだったのに、一体何があったのか。

不思議に思って理由《わけ》を聞けば、お藤が照れくさそうに微笑んだ。

「恥ずかしながら、あたしの縁談が決まってね」

「あら、それはおめでとうございます」

こちらも笑顔で祝いを述《の》べながら、お照は驚きを隠せなかった。

お藤は三十路《みそじ》過ぎの出戻りで、見た目も十人並みよりやや劣る。髪や着物にも構わないので、男から言い寄られるとは思えない。

果たして、どんな物好きが嫁に欲しいと言ったのか。気になってさらに尋ねれば、お藤が柄にもなく恥じらった。

相手は神田《かんだ》に住む下駄職人で、去年女房を亡くした男やもめだという。五歳になる男の子がいて、お藤はその子を通じて父親と知り合ったとか。

「先生の遣いで神田に行ったとき、転んで泣いているけん坊と出くわしてね。見るに見かねて手当てをしたら、すっかり懐《なつ》かれちまったのさ」

互いに再縁ということもあり、話がまとまるのは早かった。主人の学者も「めでたいことだ」と、お藤を引き留めなかったそうだ。

「あたしは出戻りの上に、この歳だもの。もう嫁に行くことはないと思っていたけど……わからないもんだよね」

生真面目《きまじめ》に語るお藤の顔には、男に選ばれた女の輝きがある。お照は笑みを浮かべたままうなずいたが、腹の底では面白くない。

見かけによらず、お藤さんもやるもんだ。幼い子を手なずけて、まんまと後添《のちぞ》いに納まるなんて。

前の亭主とは子ができなくて離縁されたと聞いている。先妻の子がいるのなら、石女《うまずめ》でも平気だろう。それに五つから育てていれば、継子《ままこ》も恩に着るはずだ。そんな邪推《じゃすい》をへその下に抑《おさ》え込み、お照は朗《ほが》らかに持ち上げる。

「それじゃ、そのけん坊が縁結びの神様だね。大事にしてやらないと」

「もちろん、言われるまでもないさ。あの子のおかげで、あたしはおっかさんになれるんだもの」

お藤はそう言って、お照がいなくなる前に井戸の水を汲《く》みだした。

そっちから呼び止めておいて、言いたいことだけ言っておしまいかい。こぶ付きの下駄職人の後添いになるくらいでえらそうに。

お照はすっかり腹を立て、別れも告げずに歩き出す。

三日前なら、この話を聞かされたって何も感じなかったろう。むしろ「こぶ付きの職人と一緒になるなんて気の毒に。あたしは絶対にごめんだわ」と、お藤を憐れんだはずである。

しかし、いまは亭主と子を手に入れたお藤がうらやましくて仕方がない。向こうも独り身のお照を見下《みくだ》しているだろう。

あたしはお藤さんよりずっと若いし、見た目だってましだもの。もっといい人と一緒になって、学者先生に自慢してやるわ。

そうすれば、いずれお藤の耳にも届くはずだ。出戻りの大年増《おおどしま》に負けるものかと、お照はむきになっていた。

四

嫁に行くには、相手がいる。

しかし、義父の縁談は美晴と喜三郎が別れた後の話である。

おとっつぁんは「半年で旦那が飽《あ》きる」と言ったけど、半年なんてとっくに過ぎたじゃないか。ここは他人を当てにせず、自分で何とかしなくっちゃ。

嫁入り先さえ決まってしまえば、卯平に睨まれたって構わない。焦《あせ》ったお照は前から自分に言い寄っている、魚売りの房吉でも「この際いいか」という気になった。

――兄貴が女房をもらったとたん、「嫁はいいぞ」ってうるさくってさ。俺も早く所帯が持ちてぇんだ。

次いで「お照さんさえよかったら」と仕事の合間に口説《くど》かれていた。

棒手振《ぼてふ》りの稼ぎは知れているし、どんぐり眼《まなこ》の房吉は見た目がいいとは言い難《がた》い。

それでも常に威勢がよく、びっくりしているような顔は愛嬌《あいきょう》があると言えなくもない。歳も二十六だから、こぶ付きの下駄職人よりはるかにましだ。

女は惚れた相手と一緒になるより、惚れられて一緒になったほうが幸せだって聞くものね。魚屋は朝が早いけど、江戸っ子は魚が好きだもの。この先も真面目に働いてくれれば、食いはぐれることはないわ。

女にとって嫁入りは一生を決める一大事である。お照はよく考えて相手を選んだつもりだった。

しかし、色よい返事をして間もなく、「男を見る目がなかった」と後悔する羽《は》目《め》に陥《おちい》った。

房吉は毎日妾宅に立ち寄り、お照を呼び出すようになった。それだけなら別に文句はないが、周りの目がないときはすぐにちょっかいを出そうとする。

相手がただの棒手振りなら、その手を振り払うこともできる。

だが、いずれ一緒になる相手を本気で拒《こば》むのはまずいだろう。逡巡《しゅんじゅん》するお照に房吉はますます調子に乗った。

「心配しなくとも、近くに人はいねぇって」

「で、でも……いつ誰が通りかかるか」

「そんときゃ見せつけてやればいい。なぁ、あんまり焦《じ》らすなよ」

房吉の声が低くなり、お照は身をすくませる。そのまま覆《おお》いかぶさられ、強引に口を吸われてしまった。

まだ二人で出かけたこともなく、簪《かんざし》一本もらっていない。それでこの扱いかと、お照は情けなくなった。

この人はあたしに惚れていたわけじゃない。身体目当ての軽い気持ちで口説いていただけなんだね。

お藤の嫁入り話に焦り、意味もなく張り合った我が身の短慮《たんりょ》が悔やまれる。お照が必死でこらえていると、ようやく房吉が離れてくれた。

「何でぇ、生娘みてぇに身を硬くして。さてはご無沙汰《ぶさた》だったのか」

男のにやついた顔を見たくなくて、お照は地べたに目を落とす。正真正銘《しょうしんしょうめい》生娘だが、口吸いなら新吉と何度も交わしていた。

しかし、思い合っていたあのときと違い、いまはひたすら気持ちが悪い。好きでもない男に触られるのが、これほどつらいと知らなかった。

一方、房吉はまんざらでもなかったようだ。鼻の下を伸ばしながら、お照の顔をのぞき込む。

「そんなに人目が気になるなら、いまから茶屋にしけこむか」

「……あたしは美晴さんを一人にするなと、旦那様から言われているから」

「黙っていればわからねぇって。妾《めかけ》のほうだって、おめぇの留守を喜ぶに違いねぇ」

「どうしてよ」

目を尖らせて問い返せば、相手は下卑《げび》た笑みを浮かべる。

「花魁を身請けするほどの金持ちってこたぁ、ここの旦那はじいさんだろう。たまには若い男に相手をしてほしいと思うはずだ。お照が二刻《ふたとき》（約四時間）ばかり留守にすれば、向こうだって楽しめる。お互いめでたし、めでたしだ」

どうやら、房吉には美晴も自分も男好きの尻軽《しりがる》に見えるらしい。羞恥《しゅうち》と怒りで全身が粟立《あわだ》ったとき、運よく人が通りかかって房吉はあたふたと去っていく。

お照はその後ろ姿をぼんやりと見送った。

男と女が別れるのは、くっつくよりも難しい。こちらから愛想《あいそ》尽かしをすれば、逆上されるに違いない。

いっそ、思い切って床を共にしたほうがいいかしら。深い仲になってしまえば、情が湧くかもしれないし……。

房吉と別れたところで、もっといい男が現れるとは限らない。相手の粗《あら》を探すより、いいところを探す努力も必要だ。

頭ではそう思っていても、房吉を見ると気持ちが萎《な》える。のらりくらりとかわすうち、とうとう向こうがしびれを切らした。

「ったく、いつまで経っても煮え切らねぇな。俺のことが嫌いなのか」

二十日の昼過ぎ、仕事帰りの房吉にお照は井戸端で詰め寄られた。

「抱かれるのが嫌なら、気を持たせるようなことを言うんじゃねぇや。嫁き《い》遅れの分際で、俺をからかったのか」

怒りもあらわな房吉にもはや嫌とは言えなかった。「近いうちに休みを取る」と約束すれば、房吉はようやく帰ってくれたが……。

あの人はあたしを尻軽だと思っている。あたしが生娘だと知られたら、かえって馬鹿にされそうだね。

嫌な男と添うくらいなら、一生独りのほうがいい。そう思っていたはずなのに、ちょっとした気の迷いで自分の首を絞めてしまった。

後の祭りとわかっていても、後悔せずにはいられない。目に涙がこみ上げたが、泣いたらもっと惨めになる。

お照が奥歯を嚙《か》みしめて、泣くのをこらえようとしたとき、

「まったく、何をやってんのさ」

驚いて振り向けば、美晴がトラ猫を抱いて立っていた。

美晴はトラ猫に餌をやろうと路地に出て、井戸端で揉めているお照と房吉を見かけたそうだ。そのまま二人の邪魔をしないように、じっと息をひそめていたとか。

「ここんとこ様子が変だと思ったけど、よりにもよってあんな男を選ぶなんて。

あんたの目は節穴だね」

妾宅に戻るなり、美晴はずけずけと言い放つ。お照は何も言い返せなくて、ひたすら前屈《かが》みになっていた。

「それで、これからどうするのさ。別に、あんたがいつ休んだっていいけれど」

「………」

「ちょっと前まで、『男なんて目じゃない』って顔をしていたくせに。急にどうしたってのさ」

面と向かって尋ねられ、お照はますますうなだれる。打算にまみれた己《おのれ》の本音を打ち明けるのは恥ずかしかった。

だが、房吉との付き合いはもはや自分の手に余る。藁《わら》をも摑《つか》む気持ちで付き合い出したいきさつを白状した。

「つまり、独りで生きていく自信がなくなって、面倒を見てくれる男を捕まえようとしたってことかい。だったら、あんたも魚屋を悪くなんて言えないね。向こうはあんたの身体が目当て、あんたは向こうの稼ぎが目当てだったんだから」

「あ、あたしは、別に金が目当てじゃ……」

「自分が働けないときに面倒を見てもらいたいなんて、向こうにすれば金が目当て変わらないよ」

容赦《ようしゃ》なく言い切られれば、こっちはぐうの音《ね》も出なかった。黙り込んだお照に美晴が意地の悪い笑みを見せる。

「ここまで来たら一度は相手をしておやり。あんたが自分で蒔《ま》いた種《たね》だ。自分で刈り取るしかないよ」

「それは、わかっていますけど……」

「あたしの水揚げは十六で、相手は吉原通《つう》で知られた札差《ふださし》だった。歳は五十を過ぎていたが、その分慣れていたからねぇ。ただ、あの魚屋はどうだろう。見た感じ場数を踏んでいるとは思えないが」

そんなことを言われると、ますます不安になってしまう。お照がたまらず顔を上げると、

「でも、あんたは運がいいよ」

美晴の言葉に驚いて、出かかった言葉が喉《のど》に張り付く。嫌々男に抱かれるのに、運がいいとは何事か。

「あたしたち女郎は楼主に命じられるまま、親より年上の男に初めての花を散らされる。他に好きな男がいようと、水揚げの客がどれほどいけ好かなかろうと、

決して逃げられやしないんだ。だけど、あんたは己であの男を選んだんだろう。思っていたのと違ったからって、泣き言を言うのは筋違いだよ」

冷ややかに告げられて、頭に上った血が下がる。お照はあまりの恥ずかしさに何も言えなくなってしまった。

「とにかく、男沙汰《ざた》で揉められちゃ迷惑だ。明々後日《しあさって》の昼から出かけていい。さっさとけりをつけといで」

最後の逃げ道を塞がれて、お照もとうとう観念した。

そして、二十三日の昼過ぎに上機嫌の房吉と連れ立って出かけたのだが、

「ここなら人目を気にしなくていい。もうおめぇの言い訳は聞かねぇからな」

薬研堀《やげんぼり》の出合い茶屋の前で耳打ちされて、お照は身体を震わせる。

嫌な男に抱かれる覚悟はちゃんとしてきたはずだった。

しかし、いざとなれば、心が悲鳴を上げる。「誰でもいいから助けて」と泣き叫びたくて仕方がない。

吉原では十五、六の娘だってこの恐怖に耐えている。たとえ身体は痛くとも、命まで取られるわけじゃない。

お照は我が身に言い聞かせたが、どうしても足が動かない。苛立った房吉に背

を押されても、その場で踏ん張ってしまう。

「おい、ここまで来て何だってんだ」

茶屋の前で女に嫌がられたら、男の面目《めんもく》は丸潰《まるつぶ》れだ。

怒りもあらわに睨まれたが、足と心はままならない。お照はとうとう見え透いたその場しのぎを口にした。

「……ごめんなさい、月のものが来ちゃったみたい」

「このアマぁ、ふざけんなっ」

怒り狂った房吉が勢いよく手を上げる。お照がとっさに目をつむると、「よしなせぇ」と声がした。

「こんなところで女に手を上げるなんて、みっともねぇぜ」

「うるせぇ、他人はすっこんでろ」

恐る恐る目を開ければ、見ず知らずの男が房吉の手を摑んでいる。お照はすかさず逃げ出した。

「おい、待ちやがれっ」

男の手を振り払えないのか、追ってきたのは声だけだった。

しかし、房吉はお照の奉公先を知っている。後で怒鳴《どな》り込まれると思ったが、それでも足は止まらなかった。

息を切らして妾宅に逃げ帰れば、美晴が庭先でトラ猫に餌をやっていた。

「どうやら土壇場《どたんば》で怖気《おじけ》づき、逃げてきたみたいだね。通りかかった色男があんたを助けてくれたのかい」

まるで見ていたように語られて、お照の目が丸くなる。

「……どうして、美晴さんがそのことを……」

「だって、あたしが美雲花魁に頼んで男衆を借りたんだもの」

いざとなれば、お照が嫌がると美晴は見越していたという。そこで腕っぷしの強い男に二人の後をつけさせたとか。

「心配しなくとも、あの男衆がちゃんと話をつけてくれる。今後、あの魚屋に付きまとわれることはないはずだよ」

全身にのしかかっていた不安と恐怖がなくなって、お照はその場で腰を抜かした。我ながらみっともないと思っても、安堵《あんど》のあまり涙がこぼれる。

だが、美晴は「自分で蒔いた種は自分で刈り取れ」と言っていた。

どうして、最後の最後になってお照を助けてくれたのか。不思議に思って尋ねれば、美晴はふいと目をそらす。

「あんたを助けたわけじゃない。あたしは昔のあたしを助けてやりたかったのさ」

かつて美晴も数えきれないほど、「助けて」と心の中で叫んだという。しかし、救い主は最後まで現れず、心を殺して客の相手をしてきたそうだ。

「自分で選んでおきながら魚屋を嫌うあんたを見て、本音を言えば腹が立った。二十三にもなって何馬鹿なことを言ってんだ、少しは痛い目を見ればいいってね」

けれども、男への嫌悪に怯《おび》えるさまがかつての自分と重なって、放っておけなくなったらしい。

「別に女郎じゃなくたって、好きでもない男に抱かれる女は山ほどいる。むしろ、好きな相手と抱き合えるほうが少ないんじゃないかねぇ」

親の決めた相手に嫁《とつ》いだり、弱みを握られて脅されたり……。みな逃げるに逃げられなくて、女は男の言いなりになる。

それでも、「最初の相手は大事だ」と美晴は言った。

「初めての床がうまくいくか、いかないかで、男を見る目も変わるもんさ。早まった真似《まね》はしないこった」

これで五つも年下だから、こっちはてんで立つ瀬がない。
お照がべそをかきつつ礼を言えば、美晴に肩を叩《たた》かれた。

その四　鬼の霍乱《かくらん》

一

十月の声を聞いたとたん、朝晩は冷え込むようになった。

昼間はまだこごえるほどではないけれど、朝夕水を使う仕事が日に日につらくなっていく。冷え性《しょう》のお照はさっそく炬燵《こたつ》を出そうとして、なぜか美晴に止められた。

「吉原《なか》の女郎《じょろう》は一年中裸足《はだし》で通すんだ。冬になったばかりなのに、炬燵に入るなんてみっともない」

痩《や》せ我慢が好きなのは、江戸の男だけではなかったらしい。思いがけない成り行きにお照は口を尖《とが》らせた。

せっかく身請《みう》けされたんだもの。寒くなったら足袋《たび》を履《は》き、炬燵に入ればいいじゃないの。あたしだったらそうするよ。

女郎に限らず、貧乏人や下っ端《したっぱ》の奉公人は年中裸足で過ごしている。お照はかじかむ手足を温めるため、丸田屋では掃除の合間に隠れて炬燵に入っていた。ときどきお関に見つかって叱《しか》られたりもしたけれど、美晴ならうるさいことを言わないだろう。ここでは大っぴらに入れると勝手に期待していただけに、当てが外れてがっかりした。

その数日後、美晴が風邪《かぜ》をひいてしまった。

「だから、言ったじゃないですか。わざわざ遠くの湯屋《ゆうや》まで行って、髪を洗うのはやめろって。この時期に洗い髪で外をうろうろしていたら、風邪をひくに決まっているでしょう。せめて炬燵が出してあれば、すぐに身体《からだ》を温められたのに」

お照は美晴の額《ひたい》に絞った濡《ぬ》れ手ぬぐいを置きながら、ここぞとばかり説教をする。

いつもやり込められているけれど、さすがに今日は言い返せまい。調子に乗って言い募《つの》れば、熱でうるんだ目がこっちを睨《にら》む。

「あたしは具合が悪いんだよ。ちっとはやさしくしておくれ」

「だから、風邪をひかない心得《こころえ》を教えてさしあげているんです。十分やさしいじゃないですか」

「あんたも嫌みな女だね。何だい、鬼の首でも取ったような顔をして」

上目遣《うわめづか》いに言われても、色っぽく見えるだけである。

世間では「目病《めや》み女に風邪ひき男」が色っぽいと言われるが、美晴ほどの美人になると「風邪ひき女」もいいらしい。お照は半《なか》ば感心しつつ、枕元から立ち上がった。

「あたしは生薬屋《きぐすりや》に行って、熱冷《さ》ましと葛根湯《かっこんとう》を買ってきます。戻るまで少しかかりますけど、おとなしく寝ていてくださいよ。寝巻を出しておきますから、汗をかいたら着替えてください」

「ああ」

「湿った寝巻を着たままだと、身体を冷やしますからね。あたしの留守に誰か来ても知らん顔をしてください」

「はい、はい」

「トラの鳴き声が聞こえたって、寝巻姿で外に出たりしないように」

「あぁ、もういつまでもごちゃごちゃうるさいねっ。早く薬を買っといで」

しつこい念押しに腹を立て、美晴は布団から身を起こす。はずみで額の手ぬぐいが落ちてしまい、お照は素早くそれを拾った。

「そんなふうにカッカしていちゃ、熱がもっと上がります。それじゃ、なるたけ急いで戻りますから」

再び美晴を横にならせると、新たに絞った手ぬぐいをまた額の上に置いてやる。そして、よく効くと評判の生薬屋に行き、目当ての薬を買い求めた。

葛根湯や熱冷ましはどこでも売っているけれど、効き目が同じとは限らない。本当は医者に診《み》てもらったほうがいいのだが、本人が「嫌だ」と言い張った。

――あいつらは若い女だと決まって胸をまさぐるんだよ。男に身体を触《さわ》らせた挙句《あげく》、こっちが金を払うなんて真《ま》っ平御免《ぴらごめん》さ。

医者だって男の端《はし》くれである。若くてきれいな女を前にすれば、魔が差すこともあるだろう。まして美晴が相手では血迷ったっておかしくはない。

そのせいで騒《さわ》ぎになったりしたら……そんな医者を呼んだおまえが悪いと、あたしがおとっつぁんに責められるわ。

できれば、熱を出したことも卯平には内緒にしておきたい。

しかし、明日八日は喜三郎が妾宅《しょうたく》に来ることになっている。お照は不本意ながら瀬戸物町まで足を延ばし、母に美晴の不調を打ち明けた。

「ただの風邪だと思うけど、旦那にうつるとまずいでしょう。亀井町に来るのは日延べしてと、おとっつぁんに伝えてちょうだい」

「わかったよ。それにしても、さっそく風邪をひくなんて情けない。あんたもうつされないように気を付けるんだよ」

眉間《みけん》にしわを寄せた母が娘の顔をじっと見る。

母に身体の心配をされるなんて、果たして何年ぶりだろう。お照は内心驚きつつも、口の端《はし》を引き上げた。

「あたしは大丈夫。丈夫に産んでもらったおかげで、ここ何年も風邪なんてひいたことがないんだから」

お照はそう言って胸をそらし、亀井町に引き返した。

思ったよりも遅くなったと美晴の顔をのぞき込めば、朝より熱が上がったのか、うっすら汗をかいている。お照はすぐに揺り起こして薬を飲ませようとしたのだが、

「……おっかさん……待って……」

うわごとで母を呼ぶ姿を見て、起こそうとした手が止まる。高い熱に浮かされながら、美晴はどんな夢を見ているのか。

普段は小憎らしいほど大人びていても、まだ十八の娘だもの。病《やまい》で弱っているときは、母親に縋《すが》りたくなるだろうさ。

もっとも、美晴は母親と六つで死に別れている。生前の母についてどれだけ覚

えていることか。

お照の父は九つのときに死んだから、思い出だっていろいろある。

それでも十四年も過ぎてしまえば、忘れてしまったことも多い。そのくせ、板前だった父の作る粥《かゆ》の味はいまもはっきり覚えていた。

おっかさんも、おとっつぁんが生きているときはやさしかった。あたしが熱を出して寝込んでいると、ずっとそばにいてくれたっけ。

苦しくて目を覚ますたび、枕元にいた母が「大丈夫かい」と尋《たず》ねてくれた。火照《ほて》った顔に触《ふ》れる手はいつもひんやりと心地《ここち》よく、いまでも具合が悪くなると、その手の感触を思い出す。

美晴さんにもそんな思い出があるといい――心の中で呟《つぶや》いて額の手ぬぐいを替えてやると、美晴の瞼《まぶた》がゆっくり開いた。

「何だ、戻っていたのかい」

「はい、つらいかもしれませんが、一度起きてくださいな。寝巻を着替えて薬を飲みましょう」

弱々しい鼻声にお照がやさしく促《うなが》せば、美晴は軽く咳込《せきこ》んだ。

「それより、あたしは腹が減ったよ。何か食べさせてくれないかい」

「だったら、粥を炊《た》きましょうか」

「いや、粥より握り飯にしておくれ。あたしは粥が嫌いなんだ」

やわらかい粥を好むのは、歯の悪い年寄りくらいである。だが、今日ばかりはわがままなんて許さないと、お照は首を左右に振った。

「病人が好き嫌いを言っちゃいけません。風邪が治ったら、美晴さんの食べたいものをこしらえてあげますから」

「病人だからこそ、食べたいものを食べて精をつけるべきじゃないか。粥なんて食べたって腹の足しになりゃしないよ」

「それこそ屁理屈《へりくつ》ってもんですよ。心配しなくとも、あたしの炊く粥はおいしいんです。板前だったおとっつぁんから作り方を教わって」

いつもの調子で自慢をしかけ、お照は途中で口をつぐむ。

美晴の父は女房と幼い娘を吉原に売った人でなしだ。この場で自分の父の話を持ち出すのはまずいだろう。

「とにかく、早く着替えてください。汗で身体が冷えますすよ」

お照はごまかすように早口で言い、粥を炊くべく座敷を出た。

買ってきた薬が効いたのか、美晴の熱は翌日の夕方には下がってくれた。

その後は少々咳が出たものの、十月十一日の朝に床上げをした。

「やれやれ、これでようやくいつものお飯《まんま》が食べられる」

「とか言いながら、風邪で寝ている間だって、あたしの炊いた粥を残さず平らげていたでしょう」

すかさずお照が言い返すと、美晴はぺろりと舌を出す。

「いちいち揚《あ》げ足を取りなさんな。でも、具合が悪いときに看病してもらえるのはいいもんだね。あんたのおかげで助かったよ」

生まれてこの方、誰かにつきっきりで看病された覚えはない――はにかむように告げられて、お照は鈍《にぶ》い痛みを覚えた。

自分も看病をしてもらえたのは、実の両親と暮らしていたときだけだ。奉公に出てからは病になって寝ていると、白い目で見られたものである。

幼い子は身体が弱く、ことあるごとに熱を出す。六つの美晴は三国屋でさぞ心細い思いをしただろう。

「そうそう、風邪が治ったら、あたしの好きなものをこしらえてくれるって言ったじゃないか。今夜は栗飯《くりめし》にしておくれ」

予想外の難題にお照は目を丸くした。

「美晴さん、それは無理ですよ。もう栗の時季は過ぎました」

栗は秋の食べ物で、九月に入ってすぐ江戸から姿を消してしまう。いまは手に入らないと答えれば、美晴は頰《ほお》をふくらませる。

「吉原では時季外れの水菓子を客からよくもらったもんさ。今日は神無月《かんなづき》の十一日だ。探せばどこかにあるはずだよ」

「だったら、旦那様に頼んでください。あたしじゃ手に入りません」

「何だい、約束を破るなんて江戸っ子の風上にも置けないね」

「そんなことを言われても、ない袖《そで》は振れません。今晩は刺身《さしみ》にしますから、それで我慢してくださいな」

病み上がりには栗よりも精のつく魚のほうがいい。お照がきっぱり言い切ると、美晴はしぶしぶ引き下がった。

翌日、お照は美晴の快復を告げるために実家へ向かった。

妾《めかけ》が寝込んでいると知り、喜三郎は心配しているだろう。一刻も早く治ったことを伝えるべきだと思ったが、母は忌々《いまいま》しげに舌打ちした。

「おや、もうよくなっちまったのかい。いっそ風邪をこじらせて死んでくれればよかったのに」

美晴を嫌っているのは知っているが、さすがにそれは言い過ぎだ。非難がましい目を向ければ、母はますます不機嫌になる。

「何だい、その顔は。あの女のせいでうちの亭主は毎月女郎買いをしているんだよ。あんただってあの女が身請けされたせいで、長年勤めた丸田屋から暇《ひま》を取ることになったんじゃないか」

手前勝手な言い分にお照はほとほと呆《あき》れてしまった。

義娘《むすめ》に妾宅の女中を押し付けたのは卯平であって、美晴が望んだわけではない。もし卯平が喜三郎ともども砧屋を追い出されても、自業自得《じごうじとく》というものだ
――思ったままを口にすれば、母は不満げに鼻を鳴らす。

「やだねぇ、すっかり女狐《めぎつね》に丸め込まれて。花魁《おいらん》ってのは男だけじゃなく、女もたらし込むんだね」

「……とにかく、美晴さんは治ったとおとっつぁんに伝えておいて」

これ以上話を続けても、母の気持ちは変わるまい。お照はぶっきらぼうに言い捨てて、実の母に背を向けた。

卯平が妾宅を訪れたのは、その二日後のことだった。

「たいしたことがなくてよかったよ。旦那様もずっと花魁のことを心配なさっていたからね」

「本当《ほん》に申し訳ありんせん。お照の手厚い看病ですっかりよくなりんした」

「旦那様は明後日《あさって》の昼過ぎに、ここに見舞いにいらっしゃる。泊まることはできないけれど、元気になった顔をひと目見たいとおっしゃってね」

「わっちもお会いしとうござんす。首を長くして待っていると、旦那様に伝えておくんなんし」

共に笑顔で話しているが、互いを見る目は笑っていない。しらじらしい二人のやり取りをよそに、お照はひとり考えた。

旦那がここに来るなら、あたしはどこで暇を潰《つぶ》そうか。

顔だけ見て帰るなら、一刻《いっとき》（約二時間）はいないはずだもの。またぞろ、実家に戻っておっかさんから美晴さんの悪口を聞かされるくらいなら、広小路《ひろこうじ》の大道芸でもひやかしていたほうがはるかにましだよ。

あれこれ思っている間に二人の話は終わったらしい。そして卯平は帰り際《ぎわ》、お照にそっと耳打ちした。

「この近くで待っているから、美晴に内緒ですぐに来い」

いかにも厄介事《やっかいごと》のにおいがするが、義父の言いつけには逆《さか》らえない。お照は「醤油《しょうゆ》を切らしたので買ってきます」と大声で言い、勝手口から妾宅を出た。

表通りに出て卯平を捜せば、茶店の床几《しょうぎ》に座っていた。

「おい、こっちだ。早く来い」

「内緒で出てこいなんて、一体何だって言うんです」

お照が並んで腰を下ろすと、卯平は意外なことを口にした。

「他でもねぇ。美晴の好物は何か教えろ」

「えっ」

「旦那が見舞いに来るとき、手ぶらってわけにもいかねぇだろう。美晴は何が好きなんだ？　やっぱり鈴木越後《すずきえちご》の羊羹《ようかん》か。それとも、竹村伊勢《たけむらいせ》の最中《もなか》の月か」

世に名高い菓子の名を挙げ《あ》られて、お照は目を丸くした。

美晴の好物を知りたいのなら、本人に聞けばよかったのに。どうして自分に聞くと問い返せば、卯平はあからさまに顔をしかめる。

「面と向かって尋ねたところで、正直に答えるわけがねぇ。女郎は男に嘘《うそ》しかつかねぇもんなんだ。もったいぶらずにとっとと言え」

「急にそんなことを言われても……」

卯平は頭から「女子供は菓子が好き」と決めつけているようだ。

しかし、美晴はさほど菓子を食べない。寺参りの帰りに茶店に立ち寄るときだって、お茶だけ頼むことが多かった。

「そういえば、この間『栗飯が食べたい』と言われたけど……」

悩みに悩んで心当たりを口にすれば、卯平が「何だ、そりゃ」と鼻を鳴らす。

「栗なんてもう売ってねぇだろう。他にねぇのか」

「……ごめんなさい」

「おめぇは二六時中そばにいるくせに、好物のひとつも知らねぇのかよ。まったく、役に立たねぇな」

卯平は忌々しげに吐き捨てると、茶代を置いて立ち去った。

二

醤油を買った帰り道、お照は妙に落ち着かなかった。

卯平の理不尽はいつものことだが、最後の捨て台詞《ぜりふ》は聞き捨てならない。

二六時中そばにいるくせに、好物のひとつも知らない、か。だからって、あんたには言われたくないよ。

自分は喜三郎や卯平の知らない美晴の素顔を知っている。上《うわ》っ面《つら》しか知らない連中に見下《みくだ》される覚えはない。

とはいえ、美晴の好物を知らなかったのは事実である。そこで妾宅に戻るなり、本人に尋ねてみたところ、

「ふうん、あたしの好物ねぇ。醬油を買って帰ってきて、どうしてそんなことを聞くんだい」

小首《こくび》を傾《かし》げて尋ね返され、お照はたちまち肝《きも》を冷やす。すると、美晴が目を細め、訳知り顔でうなずいた。

「さては、番頭《ばんとう》さんからあたしの好物を聞かれたね？　番頭さんを追いかけて醬油を買いに出かけるから、何かあるとは思ったけど」

相変わらずの察しのよさに、お照はいよいよ居たたまれない。

しかし、美晴にばれているのなら、隠す必要もないだろう。お照は卯平とのやり取りを洗いざらい打ち明けた。

「女郎は男に嘘しかつかないと言われたって？　そんなの当たり前じゃないか。女郎に嘘をつくなと言うのは、坊主に経《きょう》を唱《とな》えるなと命じるようなもんさ」

女郎の嘘と坊主の経——一見、正反対のものがどうして同じになるのだろう。お照がきょとんとしていると、美晴が責めるような目つきになる。

「あんたも女の端くれなら、我が身に置き換《か》えて考えてみな。女郎は好きでもない男に金で買われて抱かれるんだ。本当のことなんて言えるもんか」

言葉を惜《お》しまず説明されて、お照はようやく腑《ふ》に落ちた。

いかに立場を弁《わきま》えていても、喜んで客を取る女郎は少ないだろう。本心を口にしていたら、商売になるはずがない。死者の前で経を読むのが坊主の勤めだとしたら、男の前で心にもないことを言うのが女郎の仕事なのである。

女郎に限らず、生きていれば誰だって嘘をつく。あたしも奉公をしていたとき、何度となく嘘をついたもの。

奉公人の色恋は禁じられていたけれど、手代《てだい》の新吉と恋仲になった。若御新造《ごしんぞ》の不貞を知りながら、女中頭《がしら》のお関に言われて若旦那には教えなかった。他にも遣いの帰りに寄り道したり、客に心付けをもらっても黙っていたことがある。

誰もが身を守るため、多少の嘘はついている。

おまけに、女郎は嘘をつくのが仕事らしい。

だったら、どうして女郎ばかり「嘘つきだ」と責められるのか。世の理不尽に釈然《しゃくぜん》としないものを感じつつ、お照は話を元に戻した。

「それはそれとして、美晴さんの好物は何ですか。あたしは女ですから、本当のところを教えてください」

ここで教えてもらっても卯平に告げるつもりはない。胸を叩《たた》いて請け合うと、美晴は眉間にしわを寄せる。

「さて、何だろう。禿《かむろ》の頃は甘い菓子に目がなかったけれど、いまはそれほどでもないからねぇ」

「じゃあ、嫌いなものは何ですか。教えてくれれば、これからは出さないようにしますから」

いままでお照が出した料理で箸をつけられなかったものはない。それでも、苦手なものはあるだろうと思いきや、

「嫌いなものも特に思いつかないねぇ」

「でも、粥は嫌いだったでしょう。あたしがこしらえてあげた粥は残さず食べていましたけど」

嫌み混じりで返したら、美晴は決まり悪げに苦笑した。

「そういや、そうだったね。情けない話だけど、あたしは糊《のり》を食べて具合が悪く

なったことがあるからさ」

美晴の母が客を取っている間、幼い美晴は近所の糊屋のばあさんに預けられていた。あるとき、ばあさんの目を盗んで作りかけの糊を食べてしまい、さんざんな目に遭《あ》ったとか。

「幼かったあたしには鍋の中の糊が粥のように見えたんだよ。こっそり食べたらべたべたするばっかりで、呑《の》み込めたものじゃなかったけどね」

その後、美晴はばあさんに見つかって大目玉を食らった挙句、すべて吐き戻して寝込んだそうだ。

「それからは粥を目にすると、気分が悪くなってねぇ。でも、目をつぶってお照の粥を食べたら、思いのほかうまかったよ」

まるで楽しい思い出を語るように、美晴は切れ長の目を細める。

だが、お照はとても笑えなかった。腹を空《す》かせた幼い子が作りかけの糊を食べ、具合を悪くするなんて……。

あたしもおっかさんと二人のときは、ろくなお菜《かず》がなかったけど。そこまでひもじい思いはしなかったわ。

この間吉原に行ったとき、お照は羅生門河岸に行かなかった。

行く途中で鼻のない男に出会い、恐れをなして逃げ帰った。三味線《しゃみせん》造りの年寄りからも「羅生門河岸に近づくな」と言われたし、きっと並みの女には耐えがたい景色が広がっているのだろう。

「美晴さんはその話を客にしたことがありますか」

憐《あわ》れな身の上をでっち上げ、客の同情を引くのが女郎の手管《てくだ》だ。

しかし、美晴はわざわざ嘘をつくまでもない。本当のことを言うだけで同情されると思ったが、盛大に顔をしかめられた。

「本当のことなんて客に言うわけないじゃないか」

「どうしてです。美晴さんなら」

「真実憐れな身の上でも、どうせ嘘だと思われる。信じてもらえないとわかっていて、本当のことを言う馬鹿《ばか》がいるもんか」

不機嫌もあらわにさえぎられ、お照は己《おのれ》の浅慮《せんりょ》を恥じた。

本当のことを話して、信じてもらえないのはつらい。女郎が客に嘘をつくのは、自分の心を守るためでもあったのか。

女郎が嘘をつくから、客は女郎を信じない。

客が信じてくれないから、女郎は客に嘘をつく。

果たして吉原の女郎と客は、どちらがより罪深いのか。お照はわからなくなった。

「それじゃ、暮れ六ッ（午後六時）までに戻りますから」

「ああ、行っといで。おっかさんとのおしゃべりに夢中になって、帰りが遅くならないようにするんだよ」

十月十六日の九ツ過ぎ、お照は喜三郎が来る前に妾宅を出た。

最初は両国辺《あた》りをうろついて暇を潰すつもりでいたが、美晴の昔話を聞いたせいで母を訪ねる気になった。

看病してもらった覚えがなくとも、美晴さんは死んだ母親のために寺参りを続けている。あたしはおとっつぁんが生きているとき、おっかさんにかわいがってもらったもの。少しは親孝行をしないとね。

実の父が死んだとき、母はまだ二十六だった。

十六で所帯を持ってから亭主に頼りきって生きてきて、突然大黒柱《だいこくばしら》を失ったのだ。娘との暮らしに疲れ果て、稼《かせ》ぎのいい男に縋りついても責められない。二十六と言えば、いまのあたしと三つしか違わない。いつまでも「おっかさんに裏切られた」と恨《うら》んでいる場合じゃなかったね。

そんな娘の気も知らず、母は相変わらずだった。

「ふん、砧屋の旦那もお盛んだね。風邪が治ったと聞いたとたん、さっそく泊まりに行くなんて。その都度《つど》女郎買いをさせられるうちの宿六《やどろく》も大変だよ」

今日も娘の顔を見るなり、腹立たしげに吐き捨てる。いきなり出鼻をくじかれて、お照は知らず眉《まゆ》をひそめた。

「旦那様は美晴さんを見舞うだけよ。亀井町には泊まらないわ」

「だったら、あんたはどうして来たのさ。あんたが顔を見せるから、こっちは早《はや》合点《がてん》したんじゃないか」

勘違《かんちが》いを指摘すれば、母の機嫌がよりいっそう悪くなる。お照も釣《つ》られて不機嫌になった。

「あら、ごめんなさい。おっかさんはこの顔を見たくなかったのね。だったら、あたしは帰ります。これはおとっつぁんと食べてちょうだい」

いくら相手が母親でも、ここまで言われて下手《したて》に出るつもりはない。手土産《てみやげ》の団子を押し付けて踵《きびす》を返そうとしたところ、

「ちょ、ちょっと、お待ちよ。あんたも気が短いね。せっかくここまで来たんだ

から、茶の一杯もあがってお帰り」

売り言葉に買い言葉、怒って帰ろうとしたとたん、母が慌《あわ》てて引き留める。

正直むっとしていたが、ここで喧嘩《けんか》別れをしたら訪ねてきた甲斐《かい》がない。お照は踏み出しかけた足の向きを変え、しかめっ面《つら》で家に上がった。座敷にはすでに炬燵が出ており、遠慮なく冷たい手足を温める。

おっかさんは文句ばっかり言うけれど、自分は炬燵にあたって呑気《のんき》に暮らしているんだもの。亭主の女郎買いくらい大目に見てやればいいじゃないか。

もし卯平が暇を出されたら、母はどうするつもりだろう。いまさら裸足で働くことなどできないはずだ。

お照がぼんやり思ったとき、母がイライラと吐き捨てる。

「いまは恵比寿講《えびすこう》の支度《したく》で忙しいだろうに。砧屋の旦那はよく妾の見舞いに行けたもんだね」

商家では毎年十月二十日に商売繁盛《はんじょう》を祈願して恵比寿講を催す。大店《おおだな》は親族や得意先を招いて盛大に行うところが多く、お照の奉公先だった味噌《みそ》醤油問屋《どいや》の丸田屋も毎年十月の声を聞くと、恵比寿講の趣向を考え始めたものである。

「ああ、忌々しい。この調子じゃ、おまえがいつ嫁に行けるかわかりゃしないよ」

「旦那様にしてみれば、大金を積んで手に入れた相手だもの。それに足しげく通うこともできないから、かえって見飽《みあ》きないんでしょう」

美人は三日で飽きると言うが、喜三郎が妾宅に来るのは月に一度か二度だけだ。続けて美晴に会えないせいで、なかなか熱が冷めないのだろう。皮肉なものだと思っていたら、母の目つきが鋭くなる。

「何を呑気に構えているのさ。あたしが卯平と一緒になったのは、片親のままじゃあんたが苦労すると思ったからだよ。あんたも自分のことなんだ。もっと真面目《じめ》に考えたらどうなんだい」

唾《つば》を飛ばして言われても、まともに取り合うつもりはない。妾宅の女中になってから、同じことを何度も言われている。

その話はもう聞き飽きたわ。たまには違う話をして――心の中で言い返し、お照が困った顔をしたところ、

「こうなりゃ亭主なんぞ当てにしないで、あたしがいい人を探してやるよ」

「えっ」

にわかに意気込む母を見て、お照は本当に困ってしまう。たまには違う話をしてほしいと思ったが、こういう話は望んでいない。

知り合いの再縁話に焦《あせ》ったせいで、痛い目を見たのは最近のことだ。いますぐ嫁に行きたいなんてこれっぽっちも思わない。

お照は用心しいしい口を開いた。

「あたしが嫁に行ったら、美晴さんはどうなるの？　おとっつぁんだって困るでしょう」

「ふん、話が違うのはお互い様だ。いいから、おっかさんに任《まか》せておきな」

胸を叩いて請け合われ、お照はますます不安になる。

実の父はさておき、二度目の亭主は「稼ぎがいい」というだけで卯平を選んだ人である。同じ理屈で似たような男を勧《すす》められてはかなわない。

言葉を選んで遠慮すれば、母の目尻《めじり》が吊《つ》り上がった。

「あんたがその調子だから、放っておけないんだよ。死んだあんたのおとっつぁんも草葉《くさば》の陰《かげ》で泣いているだろう」

亀の甲《こう》より年の劫《こう》、こっちの反論はことごとく言い返されてしまう。お照は居たたまれなくなり、逃げるように実家を出た。

亀井町に戻ったのは、七ツ（午後四時）を過ぎたところだった。裏口から恐る恐る入ってみれば、喜三郎はすでに帰ったらしい。出したばかりの炬燵には美晴しか入っていなかった。

「おや、ずいぶん早いじゃないか。さては、おっかさんと喧嘩でもしたのかい」

今日も今日とて美晴の勘は冴《さ》えている。お照は苦笑いでうなずいた。

「……そんなところです。旦那様はお帰りになったんですね」

「ああ、あたしの顔を見てすぐに帰ったよ。それより喉《のど》が渇《かわ》いたから、茶を淹《い》れてくれないかい」

お照は「はい」と応《こた》え、茶簞笥《ちゃだんす》の上の高そうな菓子箱に気が付いた。

きっと、喜三郎の土産だろう。「これも出しましょうか」と尋ねたら、美晴は「いらないよ」と素《そ》っ気《け》ない。

「日持ちしそうな菓子だから、今度寺にでも持っていくさ」

「でも、旦那様がせっかく」

「もらったものをどうしようとこっちの勝手じゃないか。そんなことより、あんたはおっかさんに何を言われて怒ったんだい」

美晴に改めて尋ねられ、お照はお茶を淹れながら母とのやり取りを白状した。

「なるほど、それで逃げてきたのか」

「ええ、あたしが何を言ったって、てんで聞いてくれなくて……」

「だが、あんたの歳を考えれば、おっかさんが気を揉むのも無理ないさ。二十五を過ぎたら、女郎だって新しい馴染《なじ》みがつかなくなっちまうからね」

吉原では二十七で年季が明けるため、二十五はすでに年寄りらしい。お照は顔を引きつらせた。

「あたしはまだ二十三です。それに一夜妻の女郎と違い、添《そ》い遂《と》げる女房は若けりゃいいってもんじゃありません」

「ふん、女房も女郎も男とすることは一緒じゃないか。嫁入りが遅くなれば、身《み》籠《ご》るのだって遅くなる。客の子を孕《はら》んだ末に命を落としてしまうのは、年増《としま》のほうが多かったよ」

十八の美晴の言葉は、悪気はなくとも性質《たち》が悪い。これ以上聞きたくなくて、お照はじろりと睨み返した。

「そんなことを言って、あたしが嫁に行って困るのは美晴さんでしょう。雑巾《ぞうきん》だって満足に絞れないのに、どうやって暮らすんです」

「だったら、通いで女中を続ければいい。それならあんたが嫁入りしたって、できるじゃないか」

「そういうわけにはいきません。美晴さんはそれでよくとも、番頭さんが承知しませんから」

卯平は「美晴を一人にしたら、男を連れ込む」と信じている。恐らく、喜三郎も同じ考えだろう。

「おっかさんはいろいろ言うわりに、正面切って番頭さんに逆らうことはできません。どうせ口ばっかりですよ」

「そんなふうに言いなさんな。あたしに言わせりゃ、心配してくれる母親がいるだけでうらやましいよ」

「………」

美晴を黙らせるつもりで言ったのに、こっちが黙らせられてしまう。お照は口をへの字に曲げた。

三

初物好きの江戸っ子は、旬《しゅん》を過ぎたら見向きもしない。

しかし、とことん時季外れになると、逆に値打ちが出るようだ。気位《きぐらい》の高い花魁は竹から生まれた美女よろしく、そういうものを好むらしい。

――容易《たやす》く手に入るものをいちいちありがたがっているようじゃ、貢《みつ》ぐほうも張り合いがないだろう。男は相手が手ごわいと、ますます熱を上げるもんさ。

そんな美晴の言い分が正しいと証明するかのように、十九日の昼過ぎに卯平が妾宅にやってきた。

恵比寿講を明日に控え、今日は忙しいはずである。驚くお照の目の前に、向こうは風呂敷包みを突き出した。

「こういう面倒なものを欲しがるなと、美晴によく言っておけ。余計な手間をかけさせられて、こっちはいい迷惑だ」

挨拶《あいさつ》もせずに言い捨てて、卯平はそのまま踵を返す。何のことだと風呂敷包みをほどいてみれば、中から見事な栗が現れた。

前に「栗飯が食べたい」と言っていたから、喜三郎に強請《ねだ》ったのだろう。お照が内心呆れながら卯平の言葉を伝えると、美晴は心外そうに眉を寄せた。

「失礼だね。あたしは何も強請ってないよ」

「だったら、どうして番頭さんが栗を届けにきたんです」

きっと、喜三郎に命じられてさんざん探したのだろう。でなければ「手間をかけさせられて迷惑だ」と文句を言うはずがない。

しかし、美晴は首を左右に振った。

「あたしは『栗が食べたい』なんて一言だって言っちゃいない。『今年は好物の栗を食べられなかった』と言っただけさ」

病み上がりの妾にそんなことを言われたら、喜三郎はどう思うだろう。そのあざといやり口にお照は顔を引きつらせる。

「それが元花魁の手口ですか」

「だったら、何だい」

美晴によると、客にあれこれ強請る女郎は売れっ妓《こ》になれないという。にっこり笑って「ぬしのほかに欲しいものなどありんせん」と言っていれば、客が進んで貢いでくれるようになるそうだ。

「下手《へた》に何か強請ると、恩に着せられてしまうからねぇ。客に勝手に貢がせてこそ、女郎の値打ちは上がるのさ」

「は、はあ」

「よく『情けは人の為《ため》ならず』と言うだろう。客の気持ちを思いやれば、巡り巡ってこっちの得になるんだよ」

その喩《たと》えは何だかおかしい気もするが、客は女郎を「嘘つきだ」とわかっていながら、女郎の歓心を買うために言いなりになるようだ。

一方、女郎は客の心を見透《みす》かして、己の望みをかなえるらしい。

面倒くさいね。あたしはそんな化かし合いなんて御免だよ——お照は腹の中で独《ひと》り言《ご》ち、卯平が持ってきた栗を見た。

「それにしても、よく手に入りましたよね。ひょっとしたら、砧屋の客にも出すんでしょうか」

たとえ時季外れでも、これほど大粒の栗ならば恵比寿講のもてなしにふさわしい。

この栗ひと粒でいくらくらいするのだろう。お照がその値《あたい》を気にしていると、美晴が身を乗り出した。

「そんなことより、すぐに栗飯を炊いとくれ。今度はできないと言わせないよ」

「はいはい、わかりました。美晴さんも皮むきを手伝ってくださいよ」

お照は何気なく口にして、次いで「しまった」と後悔した。

不器用な美晴に栗の皮をむかせたら、しくじるのは目に見えている。「やっぱり、いいです」と言い直せば、相手は口を尖らせた。

「どうせ、あたしにはできないと思っているんだろう。心配しなくても、栗の皮くらいむけるって」

「いいえ、お気持ちだけで結構です」

美晴が指を傷つけるのも、せっかくの栗を駄目にするのも願い下げだ。押し問答の末にお照はひとりで栗をむき、いよいよ栗飯を炊くことになった。美晴は興味津々《しんしん》で竈《かまど》のそばで見守っている。

「あんたはおとっつぁんに粥の炊き方を習ったんだろう。栗飯の作り方もおとっつぁんかい」

「いえ、これは丸田屋で習いました。商売柄、客に味噌や醤油を使った料理を振《ふる》舞《ま》うことが多かったので」

お照は客に出す料理の味付けを任されたことがないけれど、いつもそばで見ていれば、おのずとできるようになる。おかげで、自分の作るお菜は醤油と味噌を使うものがほとんどだ。

ちなみに、今日の栗飯は醤油と酒で味をつけた。塩味のほうが見た目はきれいに仕上がるが、お照は醤油味のおこげが好きだった。

美晴も幸い、茶色の栗飯を気に入ったらしい。満面の笑みを浮かべて、空の飯椀を差し出した。

「やっぱり、栗飯はおいしいねぇ。前に好物を聞かれたけれど、あたしはあんたの作る栗飯が一番の好物だよ」

「それはありがとうございます」

「吉原の仕出しは見た目ばっかりで、味はさっぱりだからねぇ。ここは出来立てが食べられるからありがたいよ」

妓楼《ぎろう》は客に出す料理を作らない。料理屋から「台の物」と呼ばれる仕出し料理が届くという。

「道々見せびらかして運んでくるから、届いたときには冷めきってんのさ。寒いときは熱々が何よりの御馳走《ごちそう》だってのに。ところで、あんたのおっかさんは娘のこさえた栗飯を食べたことがあるのかい」

二度のお代わりの後、満足そうに箸を置いた美晴にお照は首を横に振る。

母と二人で暮らしているとき、お照は働く母に代わって家事をした。少しでも母を助けようと精一杯頑張っていたけれど、所詮《しょせん》は十歳かそこらの子のすることだ。金はもちろん、手間のかかるものは作れなかった。

「貧乏人は見た目や味より、安くて早くできるのが一番です。おっかさんも栗飯なんて炊いたことがないと思います」

裕福になったいまは知らないが、お照は母の栗飯を食べた覚えがない。正直に答えると、美晴がお櫃《ひつ》の蓋《ふた》を取る。

「だったら、ちょうどいい。残っている栗飯を届けておやり」

「でも、この栗は旦那様が美晴さんに下すったものですから」

母のところに持っていけば、卯平が何と思うだろう。遠慮するお照に、美晴は「大丈夫だよ」と微笑《ほほえ》んだ。

「明日は恵比寿講だもの。番頭さんが帰る前に食べてもらえばすむ話さ」

卯平は砧屋に招いた客をもてなしながら、さんざん飲み食いして帰るはずだ。それまでに母がひとりで食べてしまえば、ばれっこないと美晴は言う。

「せっかくおいしく炊けたんだもの。おっかさんにも食べさせておやり。あたしだっておっかさんが生きていたら、食べさせたいと思ったろうよ」

「美晴さん」

「あんたのおっかさんだって、たまには娘のこしらえた料理を味わいたいんじゃないのかねぇ」

そんなふうに言われたら、お照は嫌と言えなくなる。美晴は自分のできない親孝行をお照にさせようとしているのだ。

考えてみれば、大人になったあたしの料理をおっかさんに食べさせたことがなかったわ。毎月瀬戸物町に泊まっても、台所に立つことなんてなかったもの。母と二人で暮らしていた頃、母はお照の料理を食べて、何度もため息をついていた。慣れないうちはよく魚を焦《こ》がしたり、煮物がしょっぱくなったりしたから。

この栗飯を食べさせれば、「お照も料理が上手になった」と少しは見直してくれるだろうか。そんな思いが胸をよぎり、お照もにわかにその気になった。

翌日、お照は小ぶりの重箱に栗飯を詰めて母を訪ねた。実家の引き戸の前で声をかければ、母は衿《えり》を直しながら現れた。

「お照、急にどうしたのさ。旦那は今日も妾宅に泊まるのかい」

「おっかさん、馬鹿なことを言わないで」

恵比寿講の当日に主人が外泊するものか。

どうして、娘が会いに来たと素直に喜んでくれないのか。お照は内心がっかりしながら母に重箱を差し出した。

「栗飯を炊いたから持ってきたの。少ししかないし、おっかさんひとりで食べてちょうだい。今夜はおとっつぁんの帰りが遅いでしょう」

「ああ、そりゃすまないね」

母は重箱を受け取ったが、お照を家に上げようとしない。常に背後を気にしつつ、娘の前に立ちふさがる。

「おっかさん、誰かいるの？」

ふと三和土《たたき》に目をやれば、くたびれた男物の草履《ぞうり》が並べてあった。

大店の番頭がこんな草履を履くはずがない。お照が不審に思っていると、奥から三十絡《がら》みの男が現れた。

「どうも、お邪魔しております。おかみさん、こちらはお嬢さんですか」

「ええ、あたしのひとり娘で照って言うんです。お照、この人は貸本屋の手代の平次《へいじ》さんだよ」

母は焦った顔をしたものの、すぐに愛想《あいそ》笑いで返事をする。母に紹介された男は折り目正しく頭を下げた。

「手前は貸本屋明文堂《めいぶんどう》の手代で、平次と申します。こちらのおかみさんにはいつもご贔屓《ひいき》をいただいておりまして、いまも新しい黄表紙《きびょうし》をお勧めしていたところなんでございます」

続いて自ら名乗られて、お照も慌てて名乗り返す。その後、平次は大きな荷を担《かつ》いで立ち去った。

「おっかさん、本なんて読むの？」

お照の知っている母は仮名しか読めないはずである。絵の多い草紙《そうし》ならいざ知らず、黄表紙なんて読めるのか。

驚きのあまり尋ねれば、母が眉を吊り上げた。

「読むに決まっているじゃないか。憚《はばか》りながら、あたしは砧屋の番頭の女房だよ。流行の黄表紙くらい読んでいないと、亭主の恥になっちまう」

「……ふうん」

「平次さんは商売柄、誰より顔が広いんだ。あんたによさそうな人はいないかと、いまも相談していたところなのさ」

貸本屋は多くの家を回り、誰がどんな本を好むか知っている。そのため、外から見ただけではわからないことまで承知しているという。

「男の中にはすました顔で、男女の濡れ場ばかり好んで読むやつもいるんだよ。あんたは頭が固いから、そんな助平《すけべい》と一緒になりたくないだろう」

「そ、それはそうだけど……」

「とにかく、平次さんには何かとお世話になってんだ。妙な勘繰《かんぐ》りをしたら、承知しないよ」

母は早口でまくしたてると、「これから出かける」と言い出した。

「出がけに平次さんが来て、うっかり話し込んじまったのさ、急いで支度をし直すから、悪いけど今日は帰っとくれ」

貸本屋の手代と話し込む暇はあるくせに、娘と話す暇はないらしい。

お照は不満を呑み込んで、いま来た道を引き返した。

四

お照は義父が嫌いだが、奉公先を丸田屋にしてくれたことは感謝している。

「行儀作法を仕込んでくれる」という触れ込みに偽《いつわ》りはなく、掃除、洗濯、料理はもちろん、読み書きだって身につけられた。

しかし、それは仕事として覚えさせられたものである。いつものんべんだらりとしている母がいつ読み書きを学んだのか。

子供向けの絵草紙と違い、黄表紙は四角い文字だってたくさん使われているはずよ。おっかさんがひとりで読めるようになるとは思えないけど、いい歳をして手習い所に行くとも思えないし……。

そもそも、何がきっかけで本を読むようになったのか。お照は拭《ふ》き掃除の手を止めて考え込む。しばし障子《しょうじ》の桟《さん》を睨んでいると、後ろから美晴の声がした。

「そんなに気になるなら、おっかさんのところに行っといで」

まさか、心を読まれたのか。

お照が焦って振り返ると、呆れ顔の美晴と目が合った。

「おっかさんに栗飯を届けてから、ずっと上の空じゃないか。重箱を返してもらいがてら、うまかったかどうか聞いてくればいいだろう」

三日前に瀬戸物町に行ってから、自分でもぼんやりしている覚えはある。美晴がそんなふうに勘違いするとは思わなかったが、これ幸いと従った。

ところが、実家の前で声をかけても、めずらしく返事がない。仕方なく母の帰りを待つことにしたのだが、通りすがりにじろじろ見られる。そこで勝手口に回ってみれば、障子が少し開いていた。

おっかさんも不用心ね。外は寒いし、中で留守番をさせてもらおう。

住んだことはないけれど、ここは自分の実家である。勝手に入ってもいいはず

だと、お照が足を踏み入れると、

「ふふっ、駄目だよ。そんなことをしちゃ」

「いいじゃないか。あたしとおかみさんの仲だもの《の》」

低い男女の声がして、お照は思わず息を呑む。

嫌な予感に背中を押されて、座敷の襖《ふすま》を開けてみれば――母が炬燵で貸本屋の手代と抱き合っていた。

「お照、どうしてここにっ」

立ちすくむお照に気付くなり、母が悲鳴じみた声を上げる。手代はこういうことに慣れているのか、立ち上がって着物を直した。

「おっかさん、これはどういうこと」

「そ、そっちこそ断りもなく、勝手に入ってくるんじゃないよ。さっさとここから出ておいきっ」

お照の問いに答えることなく、噛《か》みつくように命じられる。手代はその隙《すき》に大きな風呂敷包みを肩に担いだ。

「では、手前は失礼いたします。後は母子《おやこ》でごゆっくり」

「ちょっと、平次さん」

母は慌てて引き留めたが、手代の逃げ足は速かった。母はお照と二人になると、うつむいて着物の衿を直す。

「いつまでそこに突っ立ってんのさ。帰るつもりがないのなら、炬燵にあたればいいだろう」

「おっかさん、ごまかさないで。いまのは一体どういうこと」

母の目当ては本でなく、手代のほうだったのか。お照の縁談云々《うんぬん》もその場しのぎのごまかしだろう。

おとっつぁんの女郎買いにはあれほど文句を言っていたくせに。自分は間男とよろしくやっていたなんて、ずうずうしいにも程があるわ。

怒りに任せて詰め寄れば、母は居直ったようにせせら笑った。

「見てわかんなかったのかい。これだから男を知らない女は」

「あたしが聞いているのは、どうして浮気をしたのかってことよ」

手代と何をしていたかなんてわざわざ尋ねるまでもない。お照が声を荒らげると、母は鼻の付け根にしわを寄せた。

「相手が若いほうがいいのは、男に限った話じゃない。男を知らないあんたにはわからないかもしれないけどね」

「だったら、どうしていまのおとっつぁんと一緒になったの。恥知らずな真似《まね》はしないでちょうだい」

二度も「男を知らない」と嘲《あざけ》られ、お照の頭に血が上る。唾を飛ばして非難すれば、母は腹を抱《かか》えて笑い出した。

「そんなの金のために決まっているじゃないか。あたしも平次さんも遊びだから、楽しくやれているんだよ」

では、今後も卯平を裏切って浮気を続けるつもりなのか。道に外れた母の姿が丸田屋のお早紀と重なった。

「おっかさんは昔あたしに言ったじゃないの。人を騙《だま》せば罰《ばち》が当たるって。おとっつぁんにばれてから後悔したって遅いのよ」

「ふん、嫁き《い》遅れの娘がえらそうな口をきくんじゃないよ。あんたにあたしの何がわかるのさ」

憤然《ふんぜん》と言い切る姿には後ろめたさなど感じられない。自分が娘である限り、これ以上何を言ったって母は聞く耳を持たないだろう。

お照が無言で背を向けると、母の声が追いかけてきた。

「いいかい、うちの人には言うんじゃないよ。あたしが離縁されたら、あんただって困るんだから」

まさかこの期《ご》に及んでも、卯平と夫婦を続けるのは娘のためだと言いたいのか。カッとなって振り返れば、母が立ち上がるところだった。着物の裾《すそ》がめくれ上がり、赤い腰巻と真っ白な脛《すね》がのぞいている。その生々しさに中《あ》てられて、お照はとっさに顔を背《そむ》ける。そして、台所にあった重箱を抱えて勝手口から飛び出した。

おぼつかない足取りで妾宅に帰りつけば、美晴がびっくりしたように炬燵から這《は》い出した。

「お照、具合でも悪いのかい。真っ青じゃないか」

心配そうに触れた手は温石《おんじやく》のように温かい。

昔は具合が悪いとき、母の冷たい手が心地よかった。けれど、母はもう二度と娘のことを気遣って額に触れたりしないだろう。栗飯を届けたときだってすぐに追い返されてしまった。

お照の嫁入りを急《せ》かすのも、自分のために稼ぎのいい娘婿が欲しいだけだ。娘のことを本心から心配しているわけではない。そう思ったら情けなくて、お照の目から涙がこぼれた。

「いい歳をして黙って泣いているんじゃないよ。具合が悪いわけじゃないなら、何があったか話してごらん」

美晴は表情を緩《ゆる》めると、お照の額をぴしゃりと叩く。

これじゃ、どっちが年上かわかりゃしない。美晴さんにはみっともないところばっかり見られているね。

だからこそ、いまさら恰好《かっこう》をつけても仕方がない。お照は炬燵に入って実家で見たことを洗いざらい打ち明けた。

「へえ、あんたのおっかさんが浮気ねぇ。確かに、貸本屋の手代なら間男にはうってつけだ。口説《くど》き文句を人一倍知っていそうだもの」

美晴は毛ほども驚かず、納得したようにうなずいている。

自分はこの目で見てもまだ信じられないのに、どうして落ち着いていられるのか。眉を寄せて詰め寄れば、困ったように苦笑された。

「番頭さんは旦那の妾宅通いを隠そうと、毎月女郎買いをしているんだろう。ひとり寝に耐えかねた女房が男を連れ込むなんてよくあることさ」

あっけらかんと告げられて、お照の顎《あご》がだらりと下がる。

「で、でも、おっかさんはもう四十だし……孫がいてもおかしくない歳ですよ」

「これぱっかりは人によって違うんだよ。あんたのおっかさんは男なしではいられない性質《たち》なんだろう」

ならば、母の血を引く自分もそうなのか。お照の背筋《せすじ》に寒気が走り、思わず美晴を睨みつける。

「ひょっとして、わかっていたんですか」

「何のことだい」

「おっかさんが浮気をしていると察した上で、栗飯を届けさせたんでしょう。あたしは知りたくなかったのにっ」

八つ当たりだとわかっていても、お照は言わずにいられなかった。

母が卯平と一緒になったとき、「裏切られた」と思った。それから十年かけて、母に期待することをあきらめた。

それでも、母の汚いところをさらに知りたかったわけではない。怒りもあらわに食って掛かれば、美晴は気まずそうに目を伏せる。

「こんなことになるなんて、あたしも思わなかったのさ。余計なことを言って悪かったねぇ」

美晴はお照の看病をありがたく思っていたらしい。その恩返しをするつもりで、お照と母の仲を取り持とうとしたそうだ。

「いまはどうあれ、昔はあんたのおっかさんもやさしくしてくれたんだろう？　この時季めずらしい栗飯は娘を見直してもらうきっかけになると思ったんだよ。まさか、間男と鉢《はち》合わせするなんて」

面目《めんぼく》ないと言いたげに美晴の背中が丸くなる。めったに見ないその姿にお照の頭も冷えてきた。

「どうして、うちのおっかさんが『昔はやさしくしてくれた』と思うんです」

母の愚痴《ぐち》をこぼした覚えはあるけれど、「昔はやさしかった」なんて言っただろうか。困惑混じりに尋ねると、美晴が形のいい眉を下げる。

「料理はともかく、看病の仕方なんて奉公先では教えないだろ？　あんたの看病のやり方はおっかさん譲りだと思ったんだよ」

夜通し病人のそばにいて、まめに額の手ぬぐいを替えてやる。薬は評判のいい生薬屋まで買いに行き、床上げまでは粥を食べさせる――一つひとつは特別なことではないけれど、すべてをやるのは大変だ。

中でもありがたかったのは、ずっとそばにいてくれたことだという。

「こんなに甘やかしてもらえるなら、風邪をひくのも悪くないと思ったよ。あんたには怒られそうだけどね」

美晴は実の母親に甘やかされた覚えがない。河岸見世女郎の母親は、口を開けば亭主への恨みつらみを吐き続けていたという。

「あたしはまだ幼くて、おっかさんの言うことなんてよくわからなかった。それでも目を吊り上げるおっかさんがおっかなくてねぇ。小さい身体をさらに小さくしていたもんさ」

幼い美晴にとって、母は「いつも怒っている人」だった。いまも思い出すのは「歯を剝《む》き出して亭主を罵《のの》しっている顔」だとか。

「三国屋の禿になってから糊屋のばあさんに改めて話を聞いて、おっかさんの気持ちもわかるようになったけど。あたしはおっかさんの娘であると同時に、憎い亭主の子でもあるから」

「でも、その亭主に惚《ほ》れたのは美晴さんのおっかさんでしょう。幼い娘に当たるのは筋違いってもんですよ」

自分の八つ当たりは棚に上げ、お照は美晴の母に文句を言う。

夫婦は別れて他人になれるが、親子の血のつながりは死んでも断てない。お照がぶすりと言い返せば、美晴がわずかに苦笑した。

「それでも、子は母親を恋しがるものだろう。あたしのおっかさんは死んだけど、あんたのおっかさんは生きている。でも……どうやら、手遅れみたいだねぇ」

そんなことは他人に言われなくともわかっている。お照が奥歯を嚙みしめると、美晴は「だから」と話を継《つ》いだ。

「あんたが風邪をひいたときは、あたしが看病してやるよ。あんたのおっかさんは当てにできないようだから」

まさか、美晴の口からそんな言葉が飛び出すとは。いつの間にか背筋を伸ばしている相手にお照は呆気《あっけ》にとられてしまった。

「あたしもあんたも親を頼れない。だったら、そばにいる者同士で助け合うしかないじゃないか」

しかし、自分が美晴の看病をしたのは仕事だからだ。魚屋の房吉から助けてもらった恩返しのつもりもあった。

もし自分が病になったところで、看病してもらう理由はないと思ったが、

——具合でも悪いのかい。真っ青じゃないか。

心配そうに触れられた温かい手を思い出し、お照は言葉を吞み込んだ。母にこ

の話をすれば、「まんまとたらし込まれたね」と嘲笑《あざわら》われてしまうだろう。

それでも、いまの自分を案じてくれるのは美晴だけだ。

お照は大きく息を吸い、わざと片眉を撥《は》ね上げる。

「だったら、まず雑巾を絞れるようにならないと。びしょびしょの濡れ手ぬぐいをおでこの上に置かれたら、かえって熱が上がります」

からかい混じりに返したら、美晴が頬をふくらませた。

その五

鬼が出るか蛇《じゃ》が出るか

一

一年の納めの月に入ったとたん、世間はにわかに浮足立つ。

今月ばかりは「ツケといてくれ」の一言で、払いを先送りすることはできない。ツケを溜《た》め込んでいた連中は、死に物狂いで金を稼《かせ》ぐ羽目《はめ》になる。

またツケを溜めていなくとも、師走《しわす》は何かと忙しい。「今年中に仕上げてほしい」「正月に使う」などの注文が増え、目の色を変えて働かないと間に合わなくなってしまうのだ。

お照も丸田屋にいた頃は、師走が一番忙しかった。

味噌《みそ》醬油《しょうゆ》は季節を問わず使うけれど、誰でも忙しいときは余計に腹が減るものだ。師走は味噌醬油が一段とよく売れるため、母屋の女中も店の手伝いに駆り出されることが多かった。

しかし、亀井町の妾宅《しょうたく》だけは師走の忙しさなど、どこ吹く風だ。七日の朝四ツを過ぎた頃、美晴は炬燵《こたつ》に入ったまま障子《しょうじ》の隙間《すきま》から小雪が舞う外を眺《なが》めて、やけにしみじみ呟《つぶや》いた。

「ああ、妾《めかけ》ってのはいい身分だねぇ。師走をこれほどのんびり過ごせるなんて、夢にも思っていなかったよ」

目を細めて前屈《かが》みになる姿は満足した猫のようである。いや、言い方が年寄りくさいから、隠居したばあさんに近いだろうか。お照はつい白髪《しらが》になった美晴を想像してしまい、こっそり笑いを嚙《か》み殺した。

「美雲花魁《おいらん》は身《み》請《う》けを嫌がったけど、あたしはこういう暮らしのほうがはるかに性《しょう》に合ってんだ。他人と張り合うのは苦手でねぇ」

美晴がかつて世話になった三国屋一の売れっ妓《こ》は、せっかくの身請け話を何度も断っていたそうだ。そんなことがあるのかと、お照は耳を疑った。

「身請けを嫌がる女郎《じょろう》なんているんですか？　毎晩違う男に抱かれるより、金持ちに囲われたほうがよほど安泰じゃないですか」

苦界《くがい》から抜け出すことができるのに、断るなんて信じられない。思ったことを呟けば、「わかってないね」と笑われた。

「そりゃ、身請け相手が色男だったらいいけどねぇ。ガマガエルみたいなじいさんだったらどうするのさ」

したり顔で問い返されて、お照は返す言葉に詰まる。そんな男の妾になるのは、自分だって御免《ごめん》である。

「色男、金と力はなかりけり。身請けを申し出るほどの金持ちは、いけすかない年寄りが多いんだよ。加えて花魁でいるうちはいろんな男にちやほやしてもらえるけれど、妾は旦那の顔色をうかがうことになるからね。姐《ねえ》さんはそれが嫌なんだろうさ」

そう言う美晴は妾のくせに、旦那の顔色をうかがっているとは思えない。もっとも、二人が一緒にいるところをこの目で見たことはないけれど。

「でも、『二十五を過ぎると、新しい客がつかなくなる』って、美晴さんが言ったんですよ。先々を考えれば、贅沢《ぜいたく》は言えないはずでしょう」

「そりゃ、並みの女郎の話だよ。姐さんは長らく三国屋で御職《おしょく》を張ってきた人だ。いまさら身請けをされなくたって、年季《ねん》が明ければひとりで大門《おおもん》を出ていくさ」

誇らしげに語る口ぶりには、どこかうらやむような響きがある。

ちなみに女郎の身請けには本人が抱《かか》える借金のほかに、この先の稼ぎも加えられる。ゆえに若い女郎ほど身請け代が高くなるらしい。

ならば、花魁になって間もない美晴は一体どれほどしたのだろうか。喜三郎も思い切った買い物をしたものだと、お照は改めて感心した。

「師走は忙しくて、馴染《なじ》みの足も遠のきがちになる。あたしも新造《しんぞ》に手伝わせて、せっせと文《ふみ》を書いたもんさ。正月の晴れ着は高いからねぇ」

住み込みの奉公人と違い、女郎の衣装は自前である。その上、着物の豪華さや新しさが女郎を選ぶ目安になるとか。

「いつも同じ着物を着ているのは、客がつかない証《あかし》だからね。顔や身体《からだ》の好みは人によって違っても、安くて古い着物を着た女郎を買う客なんていやしない。人が欲しがらないものに金を出すのは癪《しゃく》だもの」

「はあ、そういうものですか」

「冬場の着物は裏地や中綿の分だけ値が上がる。特に師走は『仕事が混み合っているから』と、仕立て代まで跳《は》ね上がってさ。この時期は頭が痛かったよ」

「だったら、さっさと身請けされてよかったじゃないですか」

喜三郎の歳《とし》は三十九で、見た目もよいと聞いている。花魁の身請け先としてはかなり上等なほうだろう。

美晴もそこはわかっているのか、口元にかすかな笑みを浮かべた。

「ああ、正月の晴れ着も旦那が用意してくれるそうだ。ののじはそれを着たあたしを見て、大騒《さわ》ぎするに違いないよ」

美晴の言う「ののじ」とは、近頃ここに出入りしている小間物屋の手代《てだい》のことだ。お照はその名を聞いたとたん、口に出せない不安を覚えた。

母の浮気を知ってから、お照が瀬戸物町に赴《おもむ》くのは喜三郎が泊まるときだけだ。なるたけ母と顔を合わせたくなかったし、母に自分や美晴のことをとやかく言われるのも嫌だった。

すると、卯平にこっそりと呼び出されるようになったのだ。

――おい、美晴は本当に男を連れ込んでいないのか。

――十一月に入ってから、体格のいい色男が出入りしているらしいじゃねぇか。嘘《うそ》をつくと承知しねぇぞ。

蕎麦屋《そばや》の二階で問い質《ただ》されて、お照は内心震え上がった。どうやら、美晴を見張っているのは自分だけではなかったらしい。

だが、こっちにやましいところはない。お照は強気で言い切った。

――美晴さんは浮気なんてしていません。

――その色男は小間物屋の手代です。あたしもそばにいますから、後ろ暗いところはこれっぽっちもありませんよ。

出入りの商人とただならぬ仲になったのは、卯平の女房のほうである。自分が裏切られていることも知らないで、美晴を疑うとは笑止千万《しょうしせんばん》。お照は卯平を見《み》下《くだ》しながら、ふと嫌なことに気が付いた。

たとえ美晴さんが浮気をしていなくとも、おとっつぁんが嘘をつけば……旦那はきっとおとっつぁんの言うことを信じるわよね。

卯平は喜三郎が手代をしていた頃からの兄貴分だ。美晴が身の潔白《けっぱく》を訴えても、「女郎上がりの言うことだ」と信じてもらえない恐れがある。

当初の卯平の見込みでは、美晴は半年くらいで飽《あ》きられることになっていた。一年近く喜三郎の熱が冷《さ》めないなんて、予想外もいいところだろう。

妾宅通いが長引けば、砧屋の御新造にばれる恐れも増してしまう。喜三郎は足しげく通ってはいないものの、美晴に豪華な振袖《ふりそで》を何枚も誂《あつら》えてやっていた。そろそろ御新造に怪しまれてもおかしくない。

あたしが旦那に信用されていたら、美晴さんの味方ができたのに。会ったことのない女中が何を言っても、きっと信じてもらえないね。

お照は我が身が情けなくて、ひそかに奥歯を嚙みしめた。

とはいえ、師走はあらゆる商家が忙しい。何かあるとしたら、正月七日を過ぎてから……いや小正月（一月十五日）を過ぎて商《あきな》いが落ち着いてからだろう。少なくとも今年のうちは穏《おだ》やかに過ごせると思っていたのに、

「おや、番頭《ばんとう》さん。次にお目にかかるのは新年だと思っておりんした」

思いがけない訪《おとず》れに美晴も驚きを隠さない。お照もうなずいて茶を勧《すす》めると、卯平はすぐに湯呑《ゆの》みを取る。

「手前もそのつもりでおりましたが、旦那様が『正月の晴れ着は自分で届ける』とおっしゃいまして。十八日にここへいらっしゃることになりました」

「では、あと七日で旦那様に会えるのでござんすね。晴れ着ももちろんうれしいけれど、会いに来てくださることがわっちは心からうれしゅうござんす。ほんの短い間でも、年越しの挨拶《あいさつ》ができきんすなぁ」

「いいえ、旦那様はお泊まりになりますから、しっかり名残《なごり》を惜《お》しんでくださいまし。お照もそのつもりで支度《したく》を整えておくんだよ」

前の見舞いのとき同様、喜三郎は美晴の顔を見てすぐに帰ると思っていた。驚くお照のすぐそばで、美晴も戸惑《とまど》った顔をする。

「そねぇなことをして、大丈夫でありんすか」

「ええ、御新造さんは手前がうまくごまかします」

胸を叩《たた》いて請け合う卯平に、お照は胡乱《うろん》な目を向ける。腹の中では美晴と喜三郎を一日も早く別れさせたがっているくせに。

美晴を身請けしたのだって、そのほうが早く飽きると思ったからだ。その思惑《おもわく》が狂ったいま、卯平が二人の仲を後押しするとは思えない。となると、考えられるのは……。

まさか、旦那は美晴さんの浮気を信じて、別れを切り出す気じゃないだろうね。ここに泊まるのは、夜っぴて問い詰めるためだとか……。

それとも、最後に一晩抱いて美晴と別れるつもりだろうか。そういうことなら「名残を惜しんでください」と言う卯平の言葉もしっくりくる。

お照は内心青ざめて、卯平が去るなり美晴に言った。

「美晴さん、どうしましょう。旦那様はおとっつぁんの嘘を真に受けて、別れ話をする気かもしれません」

「急に何を言い出すのさ。どうしてそう思うのか、あたしにわかるように話してごらん」

怪訝《けげん》そうな美晴に卯平とのやり取りを説明すると、「考えすぎだよ」と笑われた。

「本気で別れるつもりなら、わざわざ晴れ着なんてくれやしない。男は案外ケチだからねぇ」

「その晴れ着が手切れ金代わりかもしれません。でなきゃ、この時期に大店《おおだな》の主人が外泊まりなんてするもんですか」

「頭からそう決めつけなくてもいいじゃないか。大晦日《おおみそか》を吉原で過ごす客もいるんだよ。十八日に泊まったっておかしくないだろう」

「それは独《ひと》り身か、女房の顔色をうかがわなくてもいい場合です。婿養子《むこようし》の旦那様はそういうわけにいきません」

喜三郎が妾宅に泊まる晩は、卯平と共に吉原に泊まったことにされている。何かと肩身の狭《せま》い婿が師走に女郎買いなどできるものか。鼻息荒く言い返せば、美晴が困ったように嘆息《たんそく》した。

「あんたはいつもその調子だから、ののじのことも勘違《かんちが》いするんだよ。少しは自分の思い込みを疑ってみたらどうなのさ」

ののじこと野乃吉《ののきち》を引き合いに出され、お照はひとまず口をつぐむ。

そんなことを言われても、あの男は妾宅の周《まわ》りをしつこくうろついていた。美晴に下心があると疑われて当然だろう。

「あたしを案じてくれるのはありがたいけど、取り越し苦労はするだけ損だ。そもそも、あんたの言う通りなら、他人の心配をしている場合じゃないだろう」

「えっ、どうしてです」

諭《さと》すように言い返されて、お照は目を丸くする。美晴は憐《あわ》れむような目をこっちに向けた。

「あたしが旦那に追い出されたら、あんただってお払い箱じゃないか。その後の身の振り方はちゃんと考えてあるのかい」

真面目《まじめ》な口調で尋《たず》ねられ、お照は返す言葉に詰まる。この奉公が終わったら、卯平に縁談を世話してもらうはずだった。

だが、いますぐ誰かと一緒になるつもりはなく、母と暮らすのも気づまりだ。嫌でも新しい奉公先が必要になるだろう。

そして、新参の奉公人は何かとこき使われる。この一年人一倍楽をしていたこともあり、お照は暗い気分になった。

「あたしにはこの通り、若さと見た目があるからね。その気になれば、寝床と食い扶持《ぶち》には困りゃしない。でも、あんたは違うだろう」

「…………」

奉公を始めた直後なら、すかさず「余計なお世話です」と怒鳴《どな》り返していただろうが、いまは言い返す気になれない。美晴さんと旦那が別れたら、あたしはどうなるんだろう。

お照はにわかに不安になった。

二

翌十二日の昼過ぎに、野乃吉が亀井町の妾宅にやってきた。

これぞ飛んで火に入《い》る夏の虫、いや噂《うわさ》をすれば影が差すと言うべきか。お照は男にしては色白の役者めいた顔を睨《にら》みつけた。

この男が頻繁《ひんぱん》に顔を出すせいで、美晴の浮気が本当らしくなったのだ。そう思ったら恨《うら》めしくて、口が勝手に動いてしまう。

「野乃吉さん、世間の目がありますから、あまりここには来ないでください」

「おや、藪《やぶ》から棒にどうしました。機嫌が悪いようだけど、月のものでも来たのかい」

真面目な文句を茶化されて、ますます頭に血が上る。こういうふざけた人柄だから、なおさら誤解を招くのだ。

「あんたがちょくちょく来るせいで、こっちは迷惑してんのよっ。さあ、とっと帰ってちょうだい」

怒りに任《まか》せて追い返そうとした刹那《せつな》、背後から厳《きび》しい声がした。

「なに大きな声を出してんだい。みっともない八つ当たりをしなさんな」

振り向けば、険《けわ》しい顔の美晴が立っている。お照は知らず息を呑んだ。

「野乃吉さんはあたしの許しを得て、ここに出入りしているんだ。奉公人の分際《ぶんざい》で勝手なことをするんじゃないよ」

まったくもってその通りで、言い訳の余地もない。唇を噛んでうつむくと、美晴が野乃吉に頭を下げる。

「せっかく来てくれたのに、すまないね。気を取り直して上がっとくれ」

「いえ、どうぞ頭を上げてくださいまし。美しい顔が見られたほうが詫《わ》び代わりになりますから」

気障《きざ》な文句を口にして、野乃吉は美晴に微笑《ほほえ》みかける。お照は不機嫌な顔を隠すべく、三和土《たたき》にしゃがんで草履《ぞうり》を揃《そろ》えた。

あんたがそういうことを言うから、周りが勘違いするんじゃないか。いくら女の機嫌を取るのが仕事でも、相手の立場を考えてものを言ったらどうなのさ。腹の中で悪態を吐《つ》きながら、お照は野乃吉にお茶を出す。そして、砧屋の名は伏せたままこちらの事情を説明した。

「すると、手前は美晴さんとの仲を疑われているんですか？　それはまた光栄なことですね」

「ちょいと、喜んでいる場合じゃないでしょう」

困るどころか喜ばれ、お照は目を吊《つ》り上げる。美晴に惚《ほ》れていないくせに、どうしてそういうことを言うのか。

ともあれ、「しばらくここには来ないでください」と改めて頭を下げたところ、野乃吉は表情を引き締めた。

「お照さんの言い分はわかりました。ですが、いまからそんなことをしても意味がないと思います」

「どうしてです」

火のないところに煙は立たない。男の出入りがなくなれば、卯平も言いがかりをつけられなくなるだろう。首を傾《かし》げて問い返せば、野乃吉は困ったように顎《あご》を掻《か》く。

「先方が嘘をついてでも美晴さんを追い出すつもりなら、実際なんてどうでもいい。手前が来るのをやめたって、より本当らしくなるだけです」

間男は浮気がばれたと知って、尻《しり》に帆掛《ほか》けて逃げ出したことにされてしまう――続けられた野乃吉の台詞《せりふ》は、いかにも卯平が言いそうだ。

お照が頭を抱えると、美晴が横から口を開いた。

「ののさんの言う通りだ。でも、このままここに通っていたら、あんたは本当に間男にされちまうよ」

美晴は男に対して「ありんす言葉」を使う。だが、下心のない野乃吉にはいつも通りの言葉で話していた。美晴に男扱いされない男は不敵な面持ちでにやりと笑う。

「下世話《げせわ》な勘違いをされるのは覚悟の上です。ですから、今日もお願いしますよ」

野乃吉は目を輝かせ、いそいそと鏡台の前に腰を下ろす。その様子は気に入りのおもちゃで遊ぶ子供のようで、美晴がぷっと噴《ふ》き出した。

「あんたも困った人だねぇ。そんなに化粧がしたいのかい」

「ええ、でなきゃ美晴さんの後をつけたりしません」

勝手知ったる何とやら、野乃吉は鏡台の引き出しから化粧道具を取り出していく。そして慣れた手つきで白粉《おしろい》を溶き、鬢付《びんづ》けの小さな塊《かたまり》を手に取って火鉢《ひばち》に近づけて温め始めた。

「白粉は勘弁《かんべん》してほしいんだがねぇ。あんたはきっちり付けるから、あとで落とすのが大変なんだよ」

「それこそ勘弁してくださいな。白粉を塗らなけりゃ、化粧をしたことにならないでしょう」

野乃吉は笑顔で立ち上がり、鬢付けを伸ばした掌《てのひら》を美晴の顔に近づける。美晴はため息をついて座り直し、あきらめたように目を閉じた。

まったく、美晴さんも酔狂《すいきょう》だね。自分に惚れない男がめずらしいのかもしれないけど、こんな男の頼みを何度も聞いてやるなんて。

お照はふくれっ面《つら》のまま、夢中で美晴に化粧をする男の背中を眺めていた。

通りすがりに美晴に惚れて、後をつける男は多い。野乃吉はそういう男のひとりでありながら、他の連中とは毛色が違った。

お照が最初にその姿を見たのは、梅雨《つゆ》が明けたばかりの頃である。

なぜか二、三日置きに妾宅のそばに現れて、小半刻《こはんとき》（約三十分）くらいでいなくなる。たいして邪魔にもならないので、お照もあまり気にしなかった。

しかし、それが四月《よつき》も続けば、かえって薄気味悪くなる。

若くて見た目はいいし、髷《まげ》の結《ゆ》い方や着物の着方に砕《くだ》けたところはかけらもない。名入りの半纏《はんてん》や前掛けはなくとも、まっとうな店の奉公人だとひと目でわかった。

一体いつまで続ける気よ。仕事の合間に妾宅の周りをうろつくなんて、奉公先に知られたら大目玉を食らうじゃないか。

真面目な男の人生が美晴のせいで狂ってしまう。それを承知で放っておくことはできないと、お照は十一月に入って声をかけた。

――ここの旦那様は嫉妬《しっと》深くて、恐ろしい方です。命が惜しければ、この辺《あた》りをうろつくのはよしたほうがいいですよ。

ここまで脅《おど》せば、堅気の男はあきらめるだろう。

ところが、相手は声をかけられてよかったとばかり、思い詰めた様子で頭を下げた。

――手前はここの姐さんに下心なんてありません。あのきれいな顔をもっときれいにしたいだけです。

野乃吉は岩本町《いわもとちょう》にある小間物屋、紅堂《くれないどう》の手代だと名乗り、美晴につきまとう理由を白状した。

――いまではこんな見てくれですが、手前は十六、七まで背も低く、女のような顔をしておりまして……小間物屋に奉公することになったのも、「女のようなおまえに似合いだ」と父が決めたのでございます。

野乃吉の父は腕のいい大工《だいく》で、息子も大工にする気だった。しかし、母親似で小柄な息子は父の期待に応《こた》えられず、十五で見切りをつけられた。

紅堂には主人と番頭のほかに二人の手代が働いている。女相手の商売なので、どちらもすらりとした色男だ。他人より遅く奉公を始めた野乃吉は、一日も早く仕事を覚えようと懸命に働いた。

ここをしくじったら後がない。その一心で誰にでも愛想《あいそ》よくしていたら、意外にも娘客から人気が出た。二人の手代はそんな弟分を妬《ねた》んだのか、ある日無理やり野乃吉を押さえつけて顔に化粧をしたという。

いくら女のような見た目でも、野乃吉だって男である。白塗りのお化けになった姿を娘たちに披露《ひろう》して、笑いものにしようとしたらしい。

ところが、化粧を終えたその顔は芝居《しばい》の女形《おんながた》も顔負けだったとか。

――手前も鏡を見て驚きましたが、兄さんたちの途方に暮れた顔ときたら……。いま思い出してもおかしくなります。

もっとも、美しく化粧をした野乃吉を見て娘客は離れていった。自分よりも美人な男は嫌なのか、ちやほやされることがなくなった。おかげで手代二人に睨まれることもなくなって、すべてうまくいったのだが。

――手前はその……恥ずかしながら化粧をした自分の顔がすっかり気に入ってしまいまして……その後も隠れて化粧をするようになったんです。

しかし、十八になると背が伸び出して、顔も男らしくなってきた。当然化粧は似合わなくなり、秘密の楽しみから遠ざかっていたところ、今年の夏に広小路で美晴を見かけて息を呑んだという。

――美晴さんは化粧をした昔の手前に似ているんでございます。お願いですから、一度化粧をさせてくださいまし。

手をついて懇願《こんがん》されて、お照は内心舌打ちした。

野乃吉は背も高く、役者裸足《はだし》の色男だ。二、三年前は女のようだったと言われても信じ難《がた》い。どうせ、あわよくば美晴に触《ふ》れようという魂胆《こんたん》だろう。

美晴もそれくらい見透《みす》かしていると思いきや、意外にも初対面の野乃吉に化粧をさせると言い出した。

――ただし、着物は脱がないよ。白粉は顔だけにしておくれ。

白粉を首や背中に塗るためには、上半身は裸になる必要がある。野乃吉はそれが狙《ねら》いだろうに、「顔だけで十分です」とうなずいた。そして、慣れた手つきで美晴の顔に化粧を施《ほどこ》し始めた。

美晴は元来ものぐさで、手間のかかることをしない。喜三郎が来るときですら、眉《まゆ》を描いて紅《べに》を点《さ》すだけだった。

お照もろくに化粧をしたことがなかったので、そういうものだと思っていた。けれども、小間物屋の手代である野乃吉の化粧は別物だった。

「はい、今日もうまくできました。白粉をした美晴さんは一段ときれいよねぇ。お照さんもそう思うでしょう」

こっちが物思いにふけっている間に、野乃吉の化粧が終わったらしい。我に返って美晴を見れば、いつも通り見事な出来栄《できば》えである。

白粉で白く輝く肌に、形よく縁《ふち》どられた切れ長の目。頰《ほお》も赤みがさしていて、美晴の顔がいつもよりやさしく見える。紅い唇も一段と艶《つや》めいて、豪華な着物に着替えればまさしく生きた人形である。

吉原で花魁をしていたときは、いつもこんな顔をしていたのだろう。お照はそう思いながら、つっけんどんに言い放《はな》つ。

「あたしは素顔の美晴さんのほうが好きですけどね。どうして、いつも眉尻をわざと下げるんです。目尻の黒子《ほくろ》だって白粉で隠さないほうがいいですよ」

美晴はやや吊り目気味で、気が強そうに見える。野乃吉はそれを嫌ってか、いつも眉尻を下げて描いていた。

「それに白粉を塗り過ぎです。江戸っ子は厚化粧が嫌いなんだ」

「これくらいは厚化粧と言わないって。美晴さんは肌が白くてきれいだから、ちょっとの白粉で映《は》えるんだもの。色黒だとこうはいきませんよ」

野乃吉によれば、白くなめらかな肌ほど白粉のノリがいいという。あばたやしわがあったりすると、斑《むら》ができやすいとか。

「ほら、よく見てちょうだい。この極上の唐渡《からわたり》の白磁《はくじ》のような肌を。これは白粉を溶くときにあるものを加えているからでね。時が経《た》っても乾かないのよ」

自分が考えた工夫なのだと野乃吉は胸を張る。そのしぐさや言葉遣《づか》いが女じみていることに、お照はますます苛立《いらだ》った。

昔はどうあれ、いまは他人より男らしい見た目になったんだ。いつまで女の化粧にこだわる気だい。

野乃吉がここに出入りするのは、美晴にとっても野乃吉にとってもいいことではない。かくなる上は自分が悪者になり、追い払うしかないだろう。

お照はあえて見下すように鼻を鳴らした。

「化粧ってのは、女がきれいになるためにするものでしょう。自分の腕を誇りたいなら、美晴さんのような美人じゃなく、普通の娘に化粧をしてあっと驚く美人に仕立ててごらんよ」

「だったら、お照がののさんに化粧をしてもらえばいい。ののさん、頼まれてくれるかい」

美晴から思いがけないことを言われて、お照の顎がだらりと下がる。こっちは野乃吉を怒らせて、「二度と来るか」の一言を引き出す狙いだったのだ。

しかも、野乃吉がここに来てから半刻（約一時間）は経っている。いますぐ店に戻らなければまずいだろうと思ったが、野乃吉は意外にも「よござんす」と承知した。

「手前がお照さんをあっと驚く美人に変えてやりましょう」

「あ、あたしはいいよ。野乃吉さんだってもう油を売っている暇《ひま》なんてないだろう」

「いまさら遠慮は野暮《やぼ》ってもんさ。それにあんたも化粧をしてもらえば、ののさんはあんたに会いに来たと番頭さんに言えるじゃないか」

お照が慌《あわ》てて断っても美晴はまるで相手にしない。さらに余計なことまで言って、野乃吉のほうへ振り向いた。

「ののさんだって虚仮《こけ》にされたまま、引き下がるのは癪だろう。時がないなら、手早く仕上げてやっとくれ」

「ああ、まかしといて」

お照はあれよあれよと化粧をされて、鏡に映る自分と対面した。

細い目は墨《すみ》で形よく縁どられ、紅は本来の唇をわずかにはみ出して塗られている。これだけで五割増し美人に見えると、お照は素直に感心した。

「……驚いた。これなら鼻が尖《とが》っていても意地悪そうって言われないね」

その呟きを聞きつけて、美晴がわずかに苦笑する。野乃吉は「何言ってんの」と噴き出した。

「あんたの目鼻立ちは悪くないんだ。鼻がちょっと目立つせいで、きつい感じに見えるのよ。化粧で目と口を目立たせりゃ、粋《いき》な年増《としま》に早変わりさ」

得意げな相手の言葉にお照は一も二もなくうなずく。さっきまで野乃吉を追い出そうとしていたことなんてコロリと忘れてしまっていた。

あたしがこれほどきれいになるなんて……これならおっかさんだってあたしを悪く言えないはずよ。

ひとり悦《えつ》に入っていたら、ややして野乃吉の声がした。

「それにしても、意地悪そうな顔だなんて一体誰が言ったんだか。ひどいことを言うやつがいたもんだね」

実の母親とは言えなくて黙り込むと、美晴が「誰が言ったか当ててやろうか」と言い出した。

「どうせ、あんたのおっかさんだろう。でなきゃ、あんたがいつまでも気にしたりするもんか」

「………………」

「あたしのおっかさんもほめられたもんじゃないけどさ。あんたのおっかさんも大概《たいがい》だねぇ」

お照は口を開いたが、結局何も言えなかった。母はどういうつもりで幼い娘に「意地悪そうに見える」と言ったのだろう。

子供の頃はやさしかったと思っていたのに……あたしは小さい頃からおっかさ

んに憎まれていたんだろうか。

惨《みじ》めになってうつむけば、「そんなにしょげなさんな」と野乃吉に肩を叩かれた。

「あたしも昔は女のような見目だったから。大工の親父に『情けない』とさんざん馬鹿《ばか》にされたもんよ」

「親なんて、みなそんなもんさ。ところで、ののさんに折り入って話があるんだがね」

美晴はそう前置きすると、「吉原で働いてみないかい」と口にした。

「あたしにいくら化粧をしても、一文《いちもん》の得にもならないだろう。だったら、その化粧の腕で売れない女郎を売れっ妓にしてほしいんだよ」

顔の好みは人それぞれでも、張見世で埋もれていては客などつかない。目立たない見た目の女たちを華やかにしてほしいという申し出に、野乃吉は男らしい眉を寄せた。

「大門の中にも小間物屋くらいあるでしょう。それに化粧のやり方は見世で教えるんじゃありませんか」

「もちろん、姉女郎は妹分の世話を焼くけどさ。きれいに見せるコツなんて女は他人に教えるもんか。女郎同士ならなおさらだよ」

見世の女郎は同じ張見世に並ぶ商売敵《がたき》だ。隣の女郎がきれいになれば、自分が売れ残るかもしれない。「自分の首を進んで絞める馬鹿はいない」と、美晴は凄《すご》みのある笑みを浮かべた。

「女郎同士が無理なら、番頭新造や遣手《やりて》はどうです。売り物でなくなれば、出し惜しみしないんじゃないですか」

「おあいにく。年を取ったって女は女だ。むしろ見た目が衰えた分、若い女をうらやむのさ。通り一遍のことは教えても、肝心《かんじん》なことは教えやしないよ」

女の業《ごう》の深さを教えられて、野乃吉は黙り込む。

一方、お照は母について考えた。

母がお照の容姿にケチをつけだしたのは、たぶん父が死んでからだ。日々の忙しさに苛《つの》立ちを募らせて、幼い我が子に八つ当たりをしていたのだろう。

「おまえさんに化粧をしてもらって、あたしは男の好む女の顔が改めてわかった気がするんだよ。女郎を買うのは男だもの。男好みの顔にしてもらったほうがいいんじゃないかと思ってね」

いつも眉尻を下げる野乃吉の化粧を見て、美晴はその気になったらしい。

しかし、お上の許しがあるとはいえ、吉原は色里《いろざと》だ。真面目に奉公してきた野乃吉が働く気になるだろうか。

お照が訝《いぶか》しく思っていたら、野乃吉はあっさりうなずいた。

「わかりました。女郎衆の化粧を引き受けさせてもらいます」

「の、野乃吉さん、すぐ決めちまっていいのかい」

お照は焦《あせ》って引き留めたが、相手はまるで動じなかった。

「本音《ほんね》を言えば、渡りに船です。手前は心にもないことを言う商売にうんざりしていましたから」

薄化粧と言われる江戸でも、化粧の仕方には毎年流行《はや》り廃《すた》りがある。

大当たりした芝居の女形を真似《まね》た眉の描き方に、吉原一と評判の花魁が使う白粉など、若い娘たちは目の色を変えて「いまどきの美人」になろうとする。

それはそれで結構だが、流行りの化粧があらゆる娘をきれいにするわけではない。顔の形や目鼻立ちは人によって違うのだ。

似合わない化粧のせいで、かえって不細工になった娘たちを持ち上げるのが嫌だったと、小間物屋の手代は肩を落とした。

「吉原に行けば、あたしが似合うと思う化粧をやらせてもらえるんでしょう。それが女郎衆の稼ぎにつながるなら本望ですよ」

「でも、野乃吉さんの親が何と言うか……」

「どうせ人生一度きり。あたしは親の顔色をうかがって、我慢しながら生きるのはやめにします」

覚悟に満ちたその言葉にお照は内心ドキリとした。

三

美晴の妾宅が師走の忙しさとは無縁でも、年を越す前にやるべきことは多い。中でも大掃除は男手が必要になる。

幸い畳は新しいからこのままでもいいだろう。障子は張り替えたほうがいいけれど、お照ひとりでは大変だ。

もちろん、やってやれないことはないが、遠からずここを出るかもしれない。美晴が気にしないのをいいことに、見て見ぬふりをすることにした。

だからこそ、正月飾《かざ》りだけは疎《おろそ》かにしたくない。大掃除の手を抜く分、飾りくらいはちゃんとしないと年神様に叱《しか》られる。お照は意を決して立ち上がった。

「あたしはこれから深川八幡《はちまん》の年の市に行ってきます。美晴さんはどうしますか」

念のために声をかければ、美晴は炬燵に入ったまま頭を振った。

「年の市は興味があるけど、この寒いのに大川を渡る気になれないよ。あんたひとりで行っといで」

毎日厳しい寒さが続き、美晴は一日中炬燵から離れない。

川の上は風をさえぎるものがなく、ことさら寒さが身に沁みる。お照はひそかに苦笑すると、襟巻《えりまき》をして妾宅を出た。

正月飾りを売る年の市は今日十四日の深川八幡を皮切りに、江戸の名のある寺社において順々に行われる。二十日の神田明神《みょうじん》なら大川を渡らずにすむのだが、それまで待っていられなかった。

だって、旦那様は十八日に来るんだもの。美晴さんが追い出されたりしないように、あらかじめ神頼みをしておかなくちゃ。

妾宅の女中を始めたときは、喜三郎が一日も早く美晴と別れるように願っていた。

ところが、一年経ってみたら反対のことを願っている。神頼みされる八幡宮の神様もさぞかし呆《あき》れることだろう。

だって、いろいろ事情が変わったもの。この先の覚悟が決まるまで、このままでいてもらいたいわ。

いまのところ、お照は嫁に行きたくない。

そのくせ一生独りで生きると覚悟したわけでもなかった。

いい人がいれば夫婦になって子を産みたい気もするし、死ぬまで人に使われるのもできれば勘弁してほしい。野乃吉だって「親の顔色をうかがって、我慢して生きるのはやめにします」と言っていた。

もっと早く野乃吉さんと知り合って、化粧をしてもらえれば……若くて稼ぎのいい人に見初《みそ》めてもらえたんじゃないかしら。

つい虫のいいことを考えて、そんな自分に苦笑する。男の稼ぎを当てにする母を蔑《さげす》んでおきながら、自分だって「あわよくば」と思ってしまう。

そして、お照はかつて言い交わしていた新吉のことを考えた。

丸田屋の若旦那がお早紀を嫁にしなければ、自分はいずれ新吉と所帯を持っていただろう。美晴と知り合うこともなく、人並みの幸せをいまも夢見ていられたはずだ。

しかし、新吉と一緒になったとして、果たして幸せになれただろうか。お照は美晴と暮らすうち、そんなふうに思い始めた。

お早紀が「新吉に襲われた」と訴えたとき、新吉は「若御新造に誘われた」と言い張った。その後、お照は出合い茶屋から出てくるお早紀を見て、「新吉さんはお早紀に嵌《は》められた」と思ったが、本当にそうだったのか。

新吉は傍目《はため》にも明らかなほど、器量自慢の若御新造に鼻の下を伸ばしていた。だから、お早紀が「新吉に襲われた」と訴えたとき、誰も疑わなかったのだ。

もし、あの日が初めてでなかったら——すでに二人が男女の仲になっていたら、お早紀は自分に夢中な手代が邪魔になっていたのだろう。この考えが当たっていれば、新吉は若旦那に追い出されても文句を言えないはずである。

美晴の母は亭主を信じ、底なしの不幸にはまって亡《な》くなった。騙《だま》されたと気付いてから、騙した相手を恨んでも手遅れだ。不幸になりたくないのなら、人をうかつに信じないのが一番である。

男はなぜ女郎を買うのかと思っていたけど、初めから信じていなければ、騙されたって傷つかない。嘘か真《まこと》かわからない地女《しろうと》を相手にするよりも、嘘しかつかない女郎のほうがかえって安心なのかもしれないね。

いつしかそんな考えをするようになった自分自身に苦笑して、お照はすれ違う人々に目を向けた。

この中に嘘をついたことのない人なんて、恐らくひとりもいないだろう。誰もが「正直が大事」で「嘘をつくな」と教わりながら、必ず嘘をついている。

そして、嘘がばれたとき、初めて後悔するのである。

あたしが初めて嘘をついたのは、いくつのときだったっけ——我が身のことを振り返りつつ、永代橋《えいたいばし》のそばまで来たときだった。

「お照、お照じゃないか」

名を呼ばれて振り向けば、声の主《ぬし》は丸田屋の女中頭《がしら》のお関だった。お照は「お久しぶりです」と頭を下げ、腹の中では驚いていた。

丸田屋はいまごろ、猫の手も借りたいほどの忙しさだろう。女中頭は御新造の手足となって、他の女中に母屋の仕事を振り分ける。こんなところにひとりでいるのは明らかにおかしい。

御新造さんの名代《みょうだい》で届け物をした帰りとか。でも、それなら用がすみ次第《しだい》、一目散《いちもくさん》に帰るはずよ。

そんなこっちの思いも知らず、お関はお照の手を取った。

「元気そうでよかったよ。ああ、こんなところで行き会ったのも何かの縁だ。積もる話もあることだし、ちょっと付き合ってくれないかい」

そのまま強引に手を引かれて、すぐそばの茶店に連れていかれる。思いがけない成り行きにお照は目を白黒させた。

「お関さん、あの……いいんですか」

お照の知る女中頭は、忙しいときほど人一倍働く人だった。こんなところで道草を食うなんて一体何があったのか。

ためらいがちに尋ねれば、お関は茶店の床几《しょうぎ》に腰を下ろして「いいの、いいの」と手を振った。

「若旦那の新しい嫁がとんでもなくてね。前からいる奉公人なんて屁《へ》とも思っていないのさ」

跡取りの伊太郎がお早紀を離縁したことは知っていた。丸田屋はその後すぐに新たな嫁を迎えたらしい。

でも、今度の嫁は伊兵衛旦那が自ら選んだ人でしょう。その嫁がとんでもないってどういうことよ。

単なる器量好みの伊太郎と違い、伊兵衛は抜け目のない商人だ。店のためにならない娘を跡取りにあてがうとは思えない。お照が不思議に思っていると、お関は堰《せき》を切ったようにまくしたてた。

「ふん、五代続く廻船《かいせん》問屋が何だってのさ。出戻りの分際で、実家の女中を二人も連れてくるなんてずうずうしい。女は嫁《とつ》ぎ先のやり方に黙って従うもんだろう」

お関によれば、今度の嫁は出戻りにもかかわらず、実家の財力を鼻にかけて嫁ぎ先を見下しているという。しかも、丸田屋の女中のすることにも、いちいちケチをつけるとか。

「そのケチのつけ方が嫌らしいのさ。あたしら奉公人にその場で言えばいいものを、わざと旦那様や御新造さんに告げ口するんだよ」

――実家では朝五ツまでに洗濯は終えておりました。

――伊太郎さんの着物の汚れがちゃんと落ちていなかったようで……。

今朝《けさ》のご飯はやけに強《こわ》くて驚きました。おっかさんはお気になりませんでしたか。

お早紀もわがままだったけれど、元はしがない水茶屋の娘である。理不尽なことを命じられれば、主人や御新造に訴えてお灸《きゅう》をすえてもらっていた。

しかし、いまの嫁には主人夫婦も気を遣う。お関が不満を訴えても、逆に窘《たしな》められるらしい。

ならば家柄で嫁を選んだ結果、伊兵衛ははずれを引いたのか。思いがけない話を聞いて、お照は目を丸くした。

案外、丸田屋は内証《ないしょう》が厳しいのかもしれないね。伊兵衛旦那は吉原で派手に遊んでいたようだもの。

そのせいで身代《しんだい》が傾《かたむ》いて、金持ちの娘を迎えたのなら――跡取りの伊太郎も気の毒なことである。

「いまの嫁に比《くら》べたら、尻軽お早紀はまだましだったよ。こんなことになるとわかっていれば、追い出したりしなかったのに」

お関はイライラと言い放ち、頼んだお茶をぐいと飲む。そして、思い出したようにお照を睨んだ。

「そういえば、あんたのせいでもあったっけ」

「お関さん、どうしたんです」

顔つきの変わった相手に眉を寄せると、お関に「とぼけるんじゃないよ」と低い声で返された。

「あれは六月のことだったか。吉原上がりの女を丸田屋に連れてきて、若旦那の妾だとあたしに思わせたじゃないか」

半《なか》ば忘れかかっていたことを口にされ、お照は思わず息を呑む。あのときは、お関がお早紀の味方か否《いな》か見極めようとしていたのだ。

「あの女が現れてから、若旦那とお早紀の喧嘩が増えて……あの女は何者さ。あんたは何の恨みがあって、あたしを騙したりしたんだいっ」

怒りもあらわに責められて、お照の心が一気に冷えた。

お関さんにしてみたら、とんだ目論見《もくろみ》倒れだろうね。生意気な嫁を追い出せば、もっと扱いやすい嫁が来ると踏んでいたんだろう。

だが、最初に自分を裏切り、その後にお早紀を裏切ったのはお関である。お照は頬に手を当てて、困ったように首を傾げた。

「お関さん、何のことですか」

「だから、あんたが連れてきた吉原上がりの女のことさ。若旦那じゃないなら、誰の妾だったのさ」

しらばっくれるお照を見て頭に血が上ったらしい。傍目も気にせず大きな声を出されてしまい、お照はこれ見よがしにため息をついた。

「お関さん、落ち着いてください。あの人が誰の世話になっていようとも、お関さんには関わりのない話でしょう」

「関わりないわけないだろうっ。あの女が思わせぶりな真似をするから」

「勝手に早合点《はやがてん》をした挙句《あげく》、伊兵衛旦那にお早紀の浮気を告げ口したのはお関さんじゃないですか。自分で追い出しておきながら、いまさらお早紀のほうがましだったと、あたしに言われても困ります」

お照がそう告げたとたん、お関の顔から血の気が失《う》せる。そして、化け物を見るような目をこっちに向けた。

「な、何で、あんたがそんなこと……まさか、あの女は旦那の妾だったのかい」

でなければ、お関の告げ口をお照が知るはずがない——お関はそう思ったようで、気の毒なほどうろたえている。

お照はその姿を見かね、「違います」と頭を振った。

「そんなことより、早く店に戻ったほうがいいですよ。いまの若御新造さんは口うるさい人なんでしょう」

言われて我に返ったのか、お関は力なく床几から立ち上がる。その後ろ姿が遠ざかるのを見送って、お照は永代橋へと歩き始めた。

四

十八日はあいにくの曇り空だった。

そろそろ七ツ半（午後五時）になろうという頃、お照は妾宅で美晴と押し問答を続けていた。

「本当に美晴さんひとりで大丈夫なんですか。あたしもここにいたほうがいいと思いますけどね」

お照は喜三郎が来る前に、妾宅を出ることになっている。

しかし、今日ばかりは美晴をひとりにしたくなかった。

「いきなり『間男がいるのか』と責められたら、どうやって身の潔白を旦那様にわかってもらうんです。美晴さんの言葉だけじゃ、恐らく信じてもらえません。ここはあたしの出番ですよ」

顔こそ合わせたことはないが、お照は喜三郎が信用している卯平の義娘《むすめ》である。自分が美晴の潔白を請け合えば、多少は聞く耳を持つはずだ。

「二人きりで言い合いになると、止めてくれる人がいないでしょう。頭に血が上った旦那様から『いますぐ出ていけ』と言われたらどうします。向こうだって引っ込みがつかなくなりますよ」

だから、今日は残ると繰り返したが、美晴は承知しなかった。

「あんたもしつこいねぇ。旦那はあたしのために、正月の晴れ着を届けに来るんだ。別れ話をしに来るわけじゃない」

「でも、おとっつぁんは美晴さんと旦那様を別れさせようとしています」

「番頭さんが何と言おうと、決めるのは旦那本人さ、あたしと本気で別れる気なら、晴れ着なんて持ってくるもんか」

よほど惚れられている自信があるのか、美晴は余裕の笑みを浮かべている。そして、「気持ちはありがたいけど、考えすぎだよ」と言い切った。

「むしろ、あんたがここにいると旦那の機嫌を損《そこ》ねかねない。ほら、早く行きなって」

「だったら、あたしは台所で隠れています。別れ話が出てくるまで、旦那様の前には出ませんから」

お照は「我ながらいい思案だ」と思ったが、美晴はなぜか顔をしかめた。

「旦那は今晩泊まるんだよ。あんたが隠れて聞き耳を立てていたら、あたしは床の中で声を殺す羽目になるじゃないか」

その一言で男女の濡《ぬ》れ場を想像し、お照は首がもげそうなほど激しく左右に大きく振った。

「あ、あたしはそんなことしませんよっ」

「真っ赤な顔でそう言われても、あいにく信用できないねぇ。耳年増の生娘《きむすめ》はいやらしくって手に負えないよ」

こっちは美晴を案じているのに、その言い草はないだろう。お照はすっかり腹を立て妾宅を飛び出した。

何が「耳年増の生娘はいやらしい」よ。旦那に浮気を疑われて、痛い目を見ればいいんだわ。

お照は足音も荒々しく師走の通りを歩いていく。

しかし、いくらも行かないうちに足が進まなくなった。

このまま実家に戻ってしまえば、母と顔を合わせることになる。きっと開口一番、卯平に浮気の告げ口をしないように念を押され、次いで卯平の愚痴《ぐち》を聞かされてから、お照の縁談の話になるのだ。

挙句、「いい歳をして、いつまで夢を見ているんだい」だの、「いま嫁に行かないと、子が産めなくなるからね」と嫌みたらしく言われるんだから。まったく、嫌になっちまうよ。

そんな思いをするとわかっていて、それでも実家に帰るのか。だったら一晩、妾宅の台所で過ごしたほうがはるかにましだと思い直した。

幸い、お照が寝泊まりする部屋は台所に近い。喜三郎と美晴が寝入った頃を見計らい、自分の寝床に入ればいい。

妾宅は広くないけれど、旦那は台所に近寄ったりしないはず。美晴さんに見つかったって、旦那に知られると困るからあたしを追い出せないはずよ。夜の声はせいぜいこらえてもらいましょう。

後で文句を言われたところで、美晴を案じてすることだ。それほど邪険《じゃけん》にできないだろう。お照は近くの茶店に入り、暮れ六ツの鐘が鳴るのを待った。

いつもは日没と共に通りの人出が少なくなるが、今月ばかりは別らしい。提《ちょう》灯《ちん》を持った人々が絶え間なく通りを行き交っている。お照は足音を忍ばせて、妾宅の勝手口から台所に忍び込んだ。

「これがわっちの晴れ着でござんすか。見事な出来栄えでありんすなぁ」

炬燵を出していない座敷のほうから美晴のうれしそうな声がする。どうやら、喜三郎が持参した晴れ着を見ているようである。

「白地に赤青黄色の松竹梅《しょうちくばい》が鮮やかで、おめでたいこと。さすがは染めのよさで知られた砧屋ざます」

美晴に続く男の声は喜三郎のものだろう。

だが、声がやけに小さくて、言葉をちゃんと聞き取れない。お照は心の中で舌打ちすると、息を殺して耳を澄《す》ませた。

「今日はいつになく顔色が悪くていらっしゃる。具合が悪いのなら帰ったほうが……それとも床を取りんすか」

「いや、大丈夫だ」

ようやく男の声が聞こえたものの、ひどくかすれて苦しげだ。とても大丈夫そうには聞こえないと、ひとごとながら心配になる。

二人の話が途切《とぎ》れがちに続いた後、表の戸が開く音がした。一体誰が――とお照が身を硬くすれば、驚いたような美晴の声。

「おや、番頭さん。今日は何の用ざんしょう」

急な来客の正体がわかり、お照は両手を握りしめる。

やっぱり、あたしの読み通りだ。旦那は今晩、美晴さんに別れ話を切り出すっもりだったんだね。

喜三郎ひとりでは美晴に丸め込まれると、卯平は案じて来たのだろう。かくなる上は、自分が美晴の加勢をしてやらなくては……。

お照はごくりと唾を呑み、足音を忍ばせて廊下を進む。三人の話を聞き漏《も》らさぬよう、座敷の前まで近づいた。

おとっつぁんが美晴さんに浮気の濡れ衣《ぎぬ》を着せようとしたら、あたしが中に飛び込んで即座に言い返してやるんだから。

ひとり覚悟を固めていると、卯平の忍び笑いがした。

「まったく、おめぇもたいした女だ。こいつを見ても平然としていやがる」

「そねぇなものをちらつかせて、番頭さんは何をするつもりざんす」

果たして、卯平は何を持ってきたのだろう。お照は胸騒ぎがして、ますます耳をそばだてた。

「さあ、旦那様。花魁をしっかり押さえつけておいてくださいまし。あたしがこいつで女狐《めぎつね》の息の根を止めてやりますから」

まさかの台詞を耳にして、お照は両手で口を塞《ふさ》いだ。

砧屋の御新造にばれる前に、美晴と喜三郎を別れさせる――卯平の魂胆はわかっていたが、美晴を殺すつもりだとは思わなかった。金縛《かなしば》りにあったようにお照の足は動かない。早く座敷に飛び込んで止めなくてはと思っても、ここにいるのが知られたら、自分も口封じで殺される。降って湧いた命の危険に喉《のど》が干上《ひあ》がった次の瞬間、「やめろ」と叫ぶ男の声でお照の金縛りが解《と》けた。そのままありったけの勇気を奮《ふる》い、目の前の襖《ふすま》を開け放つ。

見慣れたいつもの座敷の中には、呆然と立ちすくむ卯平と美晴、そして美晴の足元には、うずくまる羽織《はおり》姿の男がいた。腹に包丁が刺さったこの男こそ、砧屋の主人の喜三郎だろう。

苦痛に歪《ゆが》んだその顔には、噂に聞くような色男の面影はない。

それでも、食いしばった口元からのぞく歯は白く、きつくしかめられた目尻には美晴と同じような黒子があった。

一度は卯平にそそのかされて妾殺しに同意をしたが、土壇場《どたんば》で卯平を裏切り、惚れた女をかばったのか。間近で見る刃傷沙汰《にんじょうざた》にお照が声すら出せずにいると、目を血走らせた卯平と目が合った。

「おめぇがどうしてここにいる」

「お、おとっつぁんこそ、ど、どうしてこんな……」

両手を真っ赤な血で染めた義父《ちち》にお照の声が震えてしまう。美晴は苦しむ喜三郎を支え、卯平を鋭く睨みつけた。

「番頭さん、覚悟はできておりんすか」

「お、おれが悪いんじゃねぇ。おれは喜三郎のために……」

「この期《ご》に及んでふざけたことをっ。主人殺《しゅう》しは重罪だよ」

往生際《おうじょうぎわ》の悪い卯平を美晴が一喝《いっかつ》する。

その一言で我に返り、お照は再び喜三郎を見た。腹に包丁が刺さっているが、幸いまだ息はある。

「あ、あたし、医者を連れてきます」

言うなりお照は走り出し、暗い外へ飛び出した。背後で「待て」と叫ぶ声がしたけれど、足を止めるわけにはいかない。

喜三郎が死ねば、卯平は主人殺しで磔《はりつけ》だ。

義理の娘の自分だって縁坐《えんざ》させられる恐れがある。それだけは絶対に御免だと無我夢中で夜道を走った。

師走の夜は人出が多く、提灯の明かりが途切れない。

おかげで、お照は迷うことなく金創医《きんそうい》のところに駆け込んだ。そして、驚く医者の手を引いて亀井町に戻ってみれば、

「これは、どういうことですか」

最初に声を上げたのは、お照が連れてきた金創医だ。お照も畳の上を見て、まったく同じ気持ちだった。

腹を刺された喜三郎はかろうじてまだ息がある。だが、背中に包丁が刺さったまま、うつぶせで倒れている卯平はピクリとも動かない。

お照がここを出てから何があったのだろう。喜三郎の傍《かたわ》らにいる美晴に問えば、震える声が返ってきた。

「わっちにも何が何だか……すべてあっという間のことでありんした」

卯平は飛び出したお照の後を追おうとしたが、すぐに思い直して美晴を絞め殺そうとしたらしい。

「旦那はわっちを助けようと、腹に刺さった包丁を引き抜き、わっちの首を絞めている卯平を後ろから刺したんざます」

ちょうど急所を刺されたのか、卯平はすぐに息絶えた。美晴は医者が来るまで

喜三郎の命をつなごうと、正月の晴れ着で腹の傷を押さえ続けていたという。

驚いたお照が改めて喜三郎の腹を見たところ、高価な晴れ着は血を吸って赤黒く染まってしまっている。

いくら血を止めるためとはいえ、他に何かなかったのか。うっかり「もったいない」と呟けば、いまにも息絶えそうな弱々しい声がした。

「……み、はる、は……」

「はい、ここにおりんすよ。たったいま、お照がお医者を連れてきてくれんした。どうか気をしっかり持っておくんなんし」

美晴は目に涙を浮かべ、血まみれの手で喜三郎の手を握る。金創医も自分の仕事を思い出し、怪我人《けが》のそばに座り込む。

「おい、しっかりしろ。すぐに手当てをしてやるから」

「……じゃ、ねぇ」

医者の声に応えるように、喜三郎が何か言う。医者が「何だ、何が言いたい」と聞き返すと、色褪《あ》せた唇がわなないた。

「み、はるは、悪くねぇ……おれが……殺した」

それが喜三郎の最期《さいご》の言葉だった。

その六　寺の隣に鬼が棲《す》む

一

大店《おおだな》の主人《あるじ》と番頭《ばんとう》が女を挟《はさ》んで殺し合う。

そんな大芝居《おおしばい》さながらの刃傷沙汰《にんじょうざた》に、師走《しわす》の江戸は沸《わ》き立った。

奉行所《ぶぎょうしょ》は、年越しを前に増え続ける小悪党の取り締まりに追われている。殺されかけた美晴はもちろん、お照もすぐさま大番屋《おおばんや》で吟味方《ぎんみかた》の取り調べを受けさせられた。

その際「少しでも偽《いつわ》りを述《の》べたり、隠し立てをしたりすると、ただでは置かない」と脅《おど》されたので、お照は包み隠さず自分の知ることを白状し――卯平の義娘《むすめ》として留め置かれることになってしまった。

主人殺《しゅうごろ》しは鋸挽《のこぎりび》きの上、磔《はりつけ》となる大罪だ。罪を犯した本人ばかりか、その子も縁坐《えんざ》させられる。

お照は卯平と我が身の不運を呪《のろ》ったが、大番屋での扱いはさほど悪いものではなかった。卯平は主人の喜三郎を殺したかったわけではない。喜三郎が妾《めかけ》をかばったせいで、誤《あやま》って主人殺しになってしまったのだ。

また、美晴を殺そうとした理由《わけ》を「女に溺《おぼ》れる主人の目を覚ますため」と同心《どうしん》たちは思ったらしい。「卯平は主人思いの忠義者だ。他の主人殺しと一緒にするべきではない」と訴える声が多かったとか。

おまけに、お照は卯平の実の娘ではなく、自らお上に届け出ている。

罪人がすでに死んでいて形だけしか裁けないのに、罪のない義娘《むすめ》を処罰するのは新年早々縁起が悪い——と御奉行《おぶぎょう》様は思ったのか。お照には「格別の慈悲《じひ》を以て、お構いなし」との沙汰が下った。

半《なか》ば死を覚悟していただけに、お照はお裁きを聞いて腰が抜けた。九死に一生を得るとは、まさしくこのことだろう。

そして、お解《と》き放《はな》ちになった一月十一日の朝、美晴が大番屋まで迎えに来た。

卯平が主人殺しになったのは、喜三郎が自分をかばったせいだ。お照がお仕置きになったらどうしようと眠れぬ夜を過ごしていたらしい。お照の無事な姿を見るなり、人目も憚《はばか》らず泣き出した。

お照はそんな美晴に面食らいつつ、大番屋の周囲を見回した。ここには本来、実の母が娘を迎えに来るべきだろう。

美晴はお照の目の動きで、こっちの思いを察したらしい。ひどく言いにくそうに口を開いた。

「あんたのおっかさんは迎えに来ないよ」

「えっ、どうして」

「いつの間にか、瀬戸物町の長屋からいなくなっちまってねぇ。どこに行ったかわからないのさ」

美晴にとって母のお弓は自分を殺そうとした男の妻だ。

しかし、お照にとっては実の母である。きっと気にしているだろうと、お照に代わってお弓の様子を見に行けば、家財道具を置いたまま姿を消していたそうだ。

砧屋の主人と番頭の殺し合いは、江戸中の噂《うわさ》になっていた。母は主人殺しの女房と後ろ指をさされることに耐えかねたのか。理由はどうあれ、娘の裁きを待つことなくひとりで逃げたと聞かされて、お照はその場に頽《くずお》れた。

母が卯平と一緒になったせいで、こっちは死ぬところだったのに。実の娘がどうなろうとも、母は知ったことではないのだろう。

とっくに愛想《あいそ》が尽《つ》きたと思っていたけど、あたしはまだおっかさんを思い切れていなかったのか。これからはおとっつぁんだけでなく、おっかさんも死んだと思うことにしよう。

その後、美晴はうなだれるお照を根岸《ねぎし》の寮に連れていき、再び女二人の気ままな暮らしが始まった。

「それにしても無罪放免になってよかったよ。お照さんは運がいい」

一月二十日の朝四ツ過ぎ、寮に来た野乃吉がお照に向かって微笑《ほほえ》んだ。

無事を喜んでくれるのはうれしいが、本当に運がよかったらこんな目に遭《あ》っているものか。お照はお茶を差し出しながら、腹の中で苦笑する。

この寮は蔵前《くらまえ》の札差《ふださし》の持ち物で、今戸の佐平棟梁《とうりよう》の口利《くちき》きで美晴が借りたものである。

江戸のはずれのこの辺《あた》りは、隣の家すら「近所」とは言い難《がた》い。隠れ住むには持ってこいだが、世間の噂も届かない。お照は大番屋を出たときから気がかりだったことを野乃吉に聞いた。

「室町の砧屋もお構いなしになったんでしょう。いつ商《あきな》いを始めるか、野乃吉さんは知ってるかい」

商家の主人が人を殺せば、店は闕所《けっしょ》になる。

だが、喜三郎は先に卯平に刺されている。己《おのれ》と美晴を守るためにやむなく卯平を手にかけたと認められ、罪に問われることはなかった。喜三郎の亡骸《なきがら》は去年の内に砧屋へ戻されたと聞いている。

一方、卯平は「忠義の番頭」とほめそやす声が上がったものの、結局、主人殺しと見なされて亡骸は刑場《けいじょう》にさらされた。

「砧屋は書き入れ時の師走から、ずっと店を閉めたままでしょう。そろそろ商いを始めないとまずいんじゃないのかね」

「そうは言っても、お照さんたちだってここに隠れているじゃないか。人の噂も七十五日、まだ店は開けられないさ」

美貌《びぼう》の妾が雲隠れしたせいで、世間の関心は砧屋に向いているらしい。お照は野乃吉から話を聞いて、砧屋のお涼にすまなく思った。

死んだ卯平と喜三郎はある意味自業自得《じごうじとく》である。

しかし、お涼は殺されかけた美晴と自分に負けないくらいひどい目に遭っている。

手代《てだい》の喜三郎に惚《ほ》れて一緒になり、跡取りができなくとも浮気をせず、夫婦《めおと》を続けてきたのである。その亭主が隠れて若い妾を囲い、妾をかばって死んだのだ。お涼の女としての面目《めんもく》は木《こ》っ端《ぱ》みじんに違いない。これで店まで潰《つぶ》れたら、まさしく踏んだり蹴ったりだ。

「ねぇ、砧屋の御新造《ごしんぞ》さんはどうしているの」

心配になって尋《たず》ねれば、野乃吉は首を傾《かし》げた。

「まだ首をくくったとは聞かないよ」

「ちょっと、縁起でもないことを言わないで」

お涼の心中を考えれば、まんざらあり得ない話ではない。お照が焦《あせ》って嚙《か》みつくと、美晴が横から口を挟んだ。

「お照、心配しなくても大丈夫だよ。大店の跡取り娘なんて、わがままでふてぶてしいんだから。人前でめそめそしていても、裏ではケロリとしているもんさ」

やけにきっぱり言い放ち、これ見よがしに眉《まゆ》をひそめる。

「そもそも御新造が旦那を蔑《ないがし》ろにしているから、吉原《なか》に足を運ばれるのさ。世間の口はどうであれ、あたしに言わせりゃ自業自得だ」

思いのほかの辛辣《しんらつ》さにお照は目を瞬《しばたた》く。

だが、妾が本妻を嫌うのは、ある意味当然かもしれない。美晴が殺されかけたのも、卯平がお涼を恐れたからだ。

それでも、同じ女としてお涼に同情してしまう。お照が相槌《あいづち》を打ちかねていると、美晴は「そんなことより」と話を変えた。

「あたしは、ののさんのほうが気がかりだよ。あたしたちと関わったばっかりに紅堂から暇《ひま》を出されて」

「そいつは心配いりません。手前はとっくに見切りをつけて、吉原に行くつもりでしたから。時期が早まっただけですよ」

眉を下げる美晴の前で、野乃吉は首を横に振る。そんな二人のやり取りを見て、お照はあの晩のことを思い出す。

喜三郎の死を見届けたあと、お照は金創医《きんそうい》に付き添われて自身番《じしんばん》に行った。これからのことを考えると、怖《こわ》くてひとりでは行けなかった。

美晴を置いていったのは、着物が喜三郎の血で真っ赤に染まっていたからだ。うっかり外に連れ出せば、途中で騒《さわ》ぎになっただろう。

そして、半信半疑の十手《じって》持ちを連れて妾宅《しょうたく》に戻ったところ、そこには美晴だけでなく、真っ青な野乃吉もいたのである。

――な、何で、あんたがこんなところに……。

――あたしは美晴さんから文《ふみ》をもらったんだ。話があるから、今夜五ツ（午後八時）に来てくれって。こいつぁ一体どういうことさっ。

その後、野乃吉は自分たちと同じように大番屋で取り調べを受けた。

卯平は野乃吉を偽《にせ》の文でおびき出し、妾と間男の無理心中《しんじゅう》に見せかけるつもりだったのだろう。喜三郎が心変わりしなければ、美晴はもちろん自分や野乃吉も殺されていたに違いない。この三人が生きているのは、ひとえに喜三郎のおかげである。

ただし、野乃吉は仕事の合間にしていたことが奉公先にばれてしまい、暇を出されてしまったのだ。

「考えてみりゃ、美晴さんが男を呼び出すはずがない。偽の文に騙《だま》されたのは、手前の落ち度でございます」

「でも、吉原で働くことを父親に反対されて、勘当《かんどう》されたっていうじゃないか。三国屋の楼主《ろうしゅ》から文をもらったよ」

「え、そうなんですか」

その話は初耳だと、お照は目を丸くする。野乃吉は困ったように額《ひたい》を押さえた。

「ったく、楼主も余計なことを……いえ、こっちは勘当される前から縁を切るつもりでいましたから」

「手前はもう親が恋しい歳《とし》じゃありません。前に申しました通り、嘘《うそ》をつく仕事にはうんざりしていたんです」

「そうは言っても」

小間物屋は、客に「似合わない」と言ってはいけない。下手《へた》に余計なことを言って売りそこなうと、後でこっぴどく叱《しか》られる。根が正直な野乃吉はそういう仕事に辟易《へきえき》していたという。

しかし、相手が女郎《じょろう》なら無理におもねる必要もない。こっちが買ってもらうのではなく、相手が身を売る手助けをするのだから。

「商いは信用第一と言いながら、嘘と縁が切れません。あたしは商人に向いていなかったんでしょう」

迷いのない口ぶりに、美晴は切れ長の目を細めた。

「あんたのおとっつぁんは見る目がないよ。ののさんは誰より筋金入りの職人気質《かたぎ》なのにねぇ」

その一言を聞いた刹那《せつな》、野乃吉の顔が凍り付く。次いでくしゃりと顔を歪《ゆが》めた。

「ああ、そうかもしれません……あと三年、あたしの身体《からだ》が大きくなるのを親父が待っていてくれりゃあ……」

ごく小さな声であったが、お照はしっかり聞き取れた。晩生《おくて》の野乃吉は十八から急に背丈《せたけ》が伸び出したという。

親なんて、どこも一緒だね。

我が子を自分の思い通りにしようとして、気に入らないと放り出す。親が「嘘をつくな」と教えながら子供に嘘ばかりつくせいで、子供も親を見習って嘘をつくようになるんじゃないか。

改めて腑《ふ》に落ちたとき、野乃吉が急に振り向いた。

「あたしより、お照さんのほうがよほどひどい目に遭ったんだ。本当に無事でよかったよ」

「確かにその通りだねぇ。お照のおっかさんもどこかであんたの無事を知り、ほっとしているに違いないさ」

母を気遣《きづか》う美晴の言葉にお照は内心ヒヤリとする。

取り調べで聞いた話だと、亭主のしたことを知った母は「卯平を殺したのは美晴だ」と同心に訴えていたらしい。

──腹を刺された喜三郎が卯平を一突きで刺し殺せるはずがない。美晴が卯平を殺したのだとその方の母は申しておるが、その方はどう思う。

お照は卯平が刺されたとき、その場にはいなかった。

美晴は「喜三郎が卯平を刺した」と訴えたが、吟味方の同心は所詮《しょせん》女郎上がりの言うことと疑っているようだった。

母は美晴が嫌いだから、「亭主が死んだのは美晴のせいだ」と思い込んだに違いない。お照は同心の問いにきっぱり答えた。

――美晴さんは非力で、雑巾《ぞうきん》だってまともに絞れないんです。あの細腕でおとっつぁんを刺し殺せるとは思いません。

――旦那様はいまわの際《きわ》に「美晴は悪くない。おれが殺した」と言ったんです。お疑いなら、金創医の先生に聞いてください。

もちろん、金創医も喜三郎の最期《さいご》の言葉を覚えていた。二人の証言があったから、美晴はすぐお解き放ちとなったのである。

お照はいまも美晴の無実を信じている。

自分を捨てて逃げた母より、美晴のほうが大切だ。

それでもすべて終わったいまになって、母の訴えが気になり出した。

実のおとっつぁんが死んだとき、お医者の先生に言われたっけ。刺さった刃物をうかつに抜くと、血が流れて死を早めるって。

喜三郎の腹から包丁を抜いたりしなければ、金創医の手当てが間に合い、命を救えたかもしれない。卯平は主人殺しにならずにすみ、醜聞《しゅうぶん》を嫌う砧屋は金の力ですべてをもみ消しただろう。その後始末が終わってから、喜三郎と卯平は店を追われたかもしれないが。

あのとき――すぐに医者が来るとわかっていて、卯平はどうして逃げるのではなく、美晴を殺そうとしたのだろうか。

もし、美晴さんが嘘をついていたら……でも、喜三郎旦那は確かに「おれが殺した」と言ったもの。

胸に浮かんだ疑いをお照は強《し》いて振り払う。

そのとき、美晴と目が合った。

「お照、どうかしたのかい」

「いえ、何でもありません」

お照は作り笑いを浮かべた。

二

一月も末になれば、梅の花が咲き始める。根岸の寮の周《まわ》りの梅もじき満開となるだろう。江戸の梅見は亀戸《かめいど》や湯島《ゆしま》が有名だが、根岸は鶯《うぐいす》の里である。鶯に梅は欠かせないと、あちらこちらに梅の木があった。

いまは初音《はつね》の時季なので、「ホーホケキョ」と鳴く声はいささか調子はずれである。それでも梅の香と相まって、目にも鼻にも心地《ここち》よい。お照は寮の庭で洗濯物を干しながら、大きく息を吸いこんだ。

ここでの暮らしは退屈だが、煩《わずら》わしいことがほとんどない。外で顔を合わせるのは鍬《くわ》を担《かつ》いだ百姓ばかり。たまに隣の寮の住人らしい年寄りや下男も見かけるけれど、世間話をすることもない。

通りすがりに美晴を見初《みそ》めて付け回す男もいなければ、美晴の正体を探《さぐ》ろうとお照に近づく女もいない。訪ねてくるのは野乃吉だけで、あれこれ気を遣うこともない。

近所に店がないせいで買い物だけは不便だが、そのほかはすべて快適だ。この寮を貸してくれた札差と、仲介してくれた棟梁に改めて礼を言いたいくらいである。

しかし、いくら居心地《いごこち》がよくっても、ずっと居座ることはできない。お照はこれからどうしようかと頭を悩ませていた。

美晴さんは「ずっといてくれ」と言うけれど、本当にそれでいいのかね。あたしは美晴さんを殺そうとした卯平の義娘《むすめ》なのに。

幸い縁坐は免《まぬが》れたが、お照は卯平に命じられて美晴の世話を始めたのだ。卯平が美晴を殺そうとしていたことは知らなくとも、美晴のことを卯平に告げ口していたのは事実である。

そういう事情を知った上で、美晴は「お照のおかげで助かった」と何度も礼を言ってくれた。

――あんたがあの晩、亀井町にいなかったら、あたしはどうなっていたことか。下手すりゃ、旦那と卯平を手にかけた罪人にされていたかもしれないよ。

喜三郎が美晴をかばって刺されたのち、卯平を殺していたとしても、生きているのは美晴だけだ。偽の文でおびき出された野乃吉と共に捕らえられ、無実を訴えても認められず、死罪になってもおかしくなかった。

——あたしはあんたがこの世で一番信じられる。幸い、旦那がくれたお手当はしっかり貯め込んであるんだよ。あんたの給金くらい一生だって払えるさ。

手を取って訴える美晴の目つきは真剣だった。身寄りのない美晴にとって、大《おお》門《もん》の外はいまもなお油断ならない場所なのだろう。

お照にとっても、その申し出はありがたい。

お上の恩情で無罪放免になったとはいえ、義父は主人殺しの罪人で、実の母は行き方知れずだ。自分を嫁にしたがる男も、奉公先も見つかるまい。

それでも迷ってしまうのは、お照が心の片隅で美晴を疑っているからだ。いまとなっては美晴しか頼れる相手はいないというのに。

これじゃ、若旦那の浮気を疑って、闇の中にいもしない鬼を見たお早紀のことを笑えないよ。まったく、嫌になっちまう。

お照は洗濯物を干し終えると、ことさら大きなため息をつく。そこへ庭下駄《げた》をつっかけた美晴が早足で寄ってきた。

「お照、すまないけれど、いますぐ紅《べに》を買ってきとくれ。もちろん、極上の笹紅《ささべに》だよ」

いきなり買い物を命じられて、お照はぽかんと口を開けた。

極上の笹紅なんてこの辺りでは売っていない。下谷広小路《ひろこうじ》脇の花村屋《はなむらや》まで行くことになるだろう。

「喜三郎旦那にもらった紅はもう使い切ったんですか」

紅は一年中売っているが、毎年冬に売り出される寒紅《かんべに》が最上とされている。美晴は去年の十一月に寒紅を山ほどもらったはずだ。

不思議に思って尋ねれば、美晴がかすかに顔をしかめる。

「まだ残っているけれど、旦那の紅を見るたびに、血に染まった姿を思い出して……つらい気分になるんだよ」

言いにくそうに告げられて、お照も釣《つ》られて思い出す。刺された喜三郎はもちろんのこと、ずっと傷口を押さえていた美晴の着物も真っ赤な血に染まっていた。

とはいえ、紅はどれも赤い。新たに紅を買ったところで、それを見ればまた喜三郎の最期を思い出してしまうのでは……。

そんな思いもよぎったけれど、わざわざ言うべきことではない。幸い今日は天気もいいし、遠出も悪くないだろう。

「わかりました。掃除をしたら行ってきます」

「掃除なんてしなくていいから、いますぐ行ってきておくれ。念のために三両入れておいたから」

目の前に出された財布をお照は両手で受け取った。

美晴の使う紅白粉《おしろい》は、花魁《おいらん》の頃と同じ高級品だ。特に愛用の笹紅は紅猪口《ちょく》ひとつで一両もする。お照は日々の買い物をするために小粒《こつぶ》は預けられていたけれど、小判は持っていなかった。

こっちは段取りを考えて家のことをしているのに。美晴さんは若いくせに、せっかちでいけないよ。

腹の中で文句を言いつつ、お照は裏口から外に出た。

そういえば、もうすぐ卯平の四十九日である。罪人に墓は建てられないが、経《きょう》くらい唱《とな》えてやるべきか。

おっかさんは死んだ亭主のことなんて気にしないだろうからね。いまはどこでどうしているのやら。

ちなみに、美晴は喜三郎の亡骸が砧屋に戻されたとき、手を合わせに行ったと聞いている。妾は本宅に顔を出せない決まりだが、喜三郎は命の恩人だ。邪険《じゃけん》にされるとわかっていて、数珠《じゅず》を片手に乗り込んだらしい。

お涼はそんな美晴を見てどんな思いをしただろう。お涼の歳は知らないけれど、喜三郎の妻ならば三十は越えているはずだ。

どれほど金があったところで、若さと美しさは購《あがな》えない。これが亭主の惚れた女かと打ちのめされたのではないか。

最後に手を合わせたかった美晴さんの気持ちもわかるけど、御新造さんも気の毒だね。そうだ、せっかく広小路に行くんだもの。あたしも紅白粉を買おうかな。

自分だって化粧次第《しだい》で見た目をよくすることはできる。根岸の寮にいるうちに、野乃吉から化粧の仕方を教えてもらおう。

しかし、お照の懐《ふところ》には美晴から預かった小判しかない。自分の紅白粉を買うために使うわけにはいかなかった。

「仕方ない。一度寮に戻るとするか」

お照はそう呟《つぶや》いて、いま来た道を戻り始めた。

「おや、誰か来たのかね」

お照が急いで引き返すと、寮の前に粗末な辻駕籠《つじかご》が止まっている。そこから姿を現したのは、鼻持ちならない顔つきの押し出しのいい年寄りだった。

年寄りは駕籠屋がいなくなるのを見届けてから、足取りも荒々しく美晴しかいない寮へ入っていく。これはただごとではないと、お照は眉を撥《は》ね上げた。

黒羽織《くろばおり》の下に着ていたのは、光沢《こうたく》からして紬《つむぎ》だろう。となると、大店の主人か番頭か。主人はひとりで出歩かないから、恐らく番頭に違いない。

いまは美晴が借りているが、ここは札差の寮である。さては札差の主人がいると勘違《かんちが》いして、その知り合いが訪ねてきたのか。

それとも、美晴さんのお客かねぇ。急に「紅を買ってこい」と言ったのは、あたしに会わせたくなかったからとか……。

いま見た年寄りの顔つきは明らかに剣呑《けんのん》だった。お照は一瞬迷ったものの、裏口からこっそり寮に入った。

先月は自分が妾宅に戻ったおかげで、美晴は命拾いをしたのである。足音を忍ばせて廊下を進めば、襖越《ふすまご》しにしわがれた声がした。

「親戚筋とも相談の上、砧屋は暖簾《のれん》を下ろすことになった」

「まあ、そうでありんすか」

「こんなことになってしまい、大番頭として亡き先代様に顔向けできん。あんたは積年《せきねん》の恨《うら》みが晴れて、さぞ満足だろうがな」

思いがけない言葉が続き、お照は耳を疑った。砧屋は潰れるかもしれないと思っていたが、「積年の恨み」とはどういうことか。

砧屋の御新造さんのほうが美晴さんを恨んでいるんじゃないの。それに喜三郎旦那とはここ二年くらいの仲のはず。積年の恨みは大げさだよ。

息をひそめていっそう耳を澄《す》ませると、美晴の困ったような声がした。

「恨みだなんてとんでもない。おっかさんの香典までいただいて、わっちは感謝しておりんすえ」

「ふん、しらじらしい。いきなり砧屋に乗り込んできて、自分は喜三郎の子だと御新造様に明かしておいて。おまけに、せしめた口止め料を香典と言い換《か》えるとは……さすが吉原上がりの女狐《めぎつね》だ。恥知らずにも程がある」

「わっちは進んで素性《すじょう》を明かしたのではありんせん。妾と思われていたままでは、父親に手を合わせることさえできなかったからでござんすよ。まして口止め料なんて求めた覚えはござんせん」

「いまさら、しおらしいふりは結構だ。それより、こっちは金を払った。砧屋の恥になることは金輪際《こんりんざい》口にしないでくれ」

興奮した大番頭の声が徐々に大きくなっていく。おかげで話は聞き取れたが、にわかに信じられなかった。

美晴さんが喜三郎旦那の子ってどういうことよ。

旦那は我が子と知りながら、美晴さんを妾にしたっていうの？

お照は頭の中が真っ白になり、呼吸《いき》も忘れて立ちすくむ。そのとき、襖の向こうで何かが落ちる音がした。

「こんなことになるとわかっていたら、御新造様がいくら望んでも喜三郎を婿《むこ》になどしなかった。やつより素性のいい男はいくらだっていたというのに」

「それは奇遇《きぐう》でござんすなぁ。おとっつぁんも砧屋の婿になったことをそれは悔やんでおりんした」

「何だとっ」

「どれほど商いで儲《もう》けを出しても、手代上がりの婿と大番頭からは蔑《さげす》まれる。おまけに子ができないのは、種《たね》なしの婿のせいだと馬鹿《ばか》にされ……砧屋の身代《しんだい》に目がくらみ、妻と子を捨てたおれが馬鹿だったと、わっちに頭を下げていたんざます」

大番頭の怒りをものともせず、美晴は冷ややかに言い返す。続いて大番頭の声がしなかったのは、思い当たるところがあったからか。

「けんど、すべては終わったこと。死んだ人の魂《たましい》は四十九日であの世に逝《い》くとか。旦那もわっちのおっかさんとあの世でやり直すことができんしょう」

「よ、よくもそんなふざけたことを言えたものだ。おまえたち親子のせいで代々続いた砧屋は……」

いまにも大番頭の歯ぎしりが聞こえてきそうで、お照は身を硬くする。だが、美晴の声はかすかに笑いを含んでいた。

「その言い方だと、わっちまで悪いようではありんせんか。わっちは好きで喜三郎の子として生まれたわけではござんせん。恨むなら喜三郎に惚れた御新造さんと、砧屋欲しさに妻子を捨てた喜三郎にしてくださんし」

何も知らずに生まれた子には罪などない――もっともな言い分を大番頭が鼻で笑い飛ばす。

「生まれたことに罪はなくとも、その後に罪を犯しただろう。実の父親の妾になるなんて畜生《ちくしょう》にも劣るわっ」

それ以上話を聞きたくなくて、お照は忍び足で逃げ出した。

三

さっきと同じく、いい天気はいまも続いている。

しかし、お照の胸の内は激しい嵐が吹き荒れていた。

美晴の母を河岸見世《かしみせ》女郎に売った人でなしが、砧屋喜三郎だったなんて。しかも実の父子で男女の仲になるなんて、正気の沙汰とは思えない。

いまさらながら、亀井町の妾宅を引き払っていてよかったと思う。こんな話を耳にしたら、二度と敷居《しきい》を跨《また》げなかった。

喜三郎は最初、娘と知らず美晴に手を出したのか。

花魁は嫌な客を振ることができると聞いている。美晴が父と承知で相手をしたのは、やはり復讐だったのか。

卯平はこのことを知っていて、美晴さんを殺そうとしたんだろうか。旦那が美晴さんをかばったのは、実の娘だったから？

すでに裁きはついているが、そういう裏があるなら話は別だ。母が同心に訴えていたように、美晴が卯平を手にかけていてもおかしくない。

雑巾が絞れないくらい非力だから、一突きでは殺せない――お照はそう申し立てたが、果たして美晴は本当に非力だったのか。自分の前で、わざと非力なふりをしていたのではなかろうか。

いざというとき、お照の口から「美晴に人は殺せない」と言わせるために。

この推量が当たっていたら、自分は初めて会ったときから美晴の掌《てのひら》で踊らされていたことになる。お照は込み上げる吐き気をこらえ、おぼつかない足取りで広小路へと歩き続けた。

事の起こりは十六年前、砧屋のひとり娘が喜三郎に惚れたことだった。

住み込みの奉公人は所帯を持つことなど許されない。砧屋への婿入り話が持ち上がった喜三郎は、邪魔になった隠し妻と子を人知れず吉原に売ったのだ。

その後、騙されたと知った美晴の母は喜三郎を恨んで早死にした。卯平は喜三郎の兄貴分だったか屋に引き取られ、花魁となるべく育てられた。卯平は喜三郎の兄貴分だったから、隠し妻と子がいることを恐らく知っていたのだろう。

美晴母子の苦労と無念を思えば、実の父に復讐を企《くわだ》てる気持ちもわかる。

それでも、実の父親と床を共にするなんてあり得ない。そんな罰《ばち》当たりなことをしていながら、仏の加護を願ったのか。

ああ、きっと逆なんだね。罰当たりなことをしていたから、あれほど仏の加護を願ったんだ。おっかさんの供養なんて二の次だったに違いない。

さすがの美晴も畜生道に堕《お》ちるのは恐ろしかったのか。自分はそんな人でなしと同じ家で暮らしていたのか……。

いままでの日々を振り返り、お照はその場に立ち止まる。

これから紅を買ったところで、自分は根岸の寮に帰れるのか。隠されていた美晴の真実を知ったいま、何事もなかったようには振舞《ふるま》えない。

お照は懐に手を当てて、財布があることを確かめた。

いっそ、この金を持ってどこかに逃げてしまおうか。

あたしにとっては大金だけど、美晴さんは砧屋を脅して口止め料を手に入れた。このまま持ち逃げしたところで、奉行所に届けたりするもんか。

そんな思いが浮かんだとき、着飾《きかざ》った娘たちが笑い声を上げながらお照を追い越していった。

今日の陽気に誘われて、広小路の人出は多いらしい。前方からはにぎやかな喧《けん》騒《そう》が聞こえてきた。

喜三郎が妻子にしたことは、まさしく鬼の所業である。

だが、その子の美晴がしたことだって喜三郎に劣らない。「蛙《かえる》の子は蛙」と言う通り、鬼の子はやはり鬼なのか。

人知れず空《むな》しさを噛みしめたとき、聞き覚えのある声がした。

「お照さん、青い顔してどうしたんです」

名を呼ばれて我に返ると、目の前に野乃吉が立っている。

この男はどういうわけか妙なときに現れる。お照はうろたえながらも息を吸い、かすれる声で問い返した。

「野乃吉さんこそ、どうしてここに」

「昼見世は客が少ないんで、やることがなくってね。うっかり暇だとこぼしたら、女郎衆に買い物を頼まれました」

「あ、あたしも美晴さんから笹紅を買ってきてと頼まれて……」

金を持って逃げようと思ったことは棚に上げ、お照はこわばった笑みを浮かべる。野乃吉は「へえ」と眉を上げた。

「お照さんは信用されているんですね。小判を預けてもらえるなんて」

小間物屋の元手代は当然、笹紅の値《あたい》を知っている。訳知り顔で持ち上げられて、苦い思いが込み上げた。

美晴さんは大番頭とのやり取りをあたしに聞かせたくなかっただけ。あたしを信用しているわけじゃない。

腹の中で言い返してから、お照はふと気が付いた。自分を寮から追い出すだけなら、もっと安いものを頼んだっていいはずだ。

美晴さんは本当に新しい紅が欲しかったの？　あたしが買い物に出た後で、たまたま大番頭が寮に押しかけてきたんだろうか。

いずれにしても、美晴が実の父親と契《ちぎ》っていたのは間違いない。

打ちひしがれるお照をよそに、野乃吉はひとつ手を打った。

「美晴さんの紅を買うなら、広小路脇の花村屋だろう。あたしも脂取《あぶらと》りを頼まれたから、一緒に行きましょう」

言うなり、お照の手を引いて野乃吉は歩き出す。お照は足を速めながら、

「ちょっと待って」と声を上げた。

「あたしはひとりでゆっくり行きます。野乃吉さんは先に行って」

「おや、おかしなことを言いますね。同じ店に行くとわかっていて、どうして別々に行くんです」

そんなふうに言われれば、重ねて断ることもできない。お照は不本意ながら野

乃吉と共に花村屋の暖簾をくぐった。

「いらっしゃいまし。何をお探しでしょう」

お照が周囲を見回すと、すかさず手代が寄ってくる。野乃吉は勝手知ったる店らしく、迷いのない足取りで奥のほうへと歩いていった。

「あの、紅を買いに来たんです。一番いい笹紅をください」

「そうしますと、紅猪口ひとつで一両になりますが」

「はい、お代は持ってきました」

間髪容《かんはつい》れずうなずけば、手代の眉がかすかに動く。お照の粗末な身なりから、本当に払えるのかと思われたか。

「こちらがお求めの笹紅でございます。では、お代は確かに頂戴《ちょうだい》しました。まことにありがとう存じます」

手代が差し出した紅猪口と引き換えに、お照は財布から小判を出す。その後、野乃吉から近くの茶店に誘われた。

「それで美晴さんと何があったんです」

「……どうして、美晴さんと何かあったと思うのよ」

いきなり図星を指されてしまい、お照は思わず野乃吉を睨《にら》む。相手は呆《あき》れたように手を振った。

「人里離れた根岸の寮に女二人しかいないんです。他に言い争う相手はいないでしょう」

「……………」

「何があったか知りませんが、謝《あやま》るなら早いほうがいいですよ」

「どうして、あたしが悪いと決めつけるのさ」

「いい悪いはさておいて、奉公人は雇《やと》い主に頭を下げるものでしょう」

言われて、お照はハッとした。

いままでは喜三郎に雇われていたけれど、これからは違う。気まずくなって目をそらせば、年下の二枚目は微笑んだ。

「よかったら、何があったか話してください。あたしは美晴さんを知っていますし、力になれるかもしれません」

その気持ちはありがたいが、こればっかりは打ち明けられない。じっと黙り込んでいると、ややしてため息をつかれてしまった。

「お照さんが言いたくないなら、無理にとは言いません。ですが、何か誤解しているんじゃないですか。美晴さんは歳に似合わず、よくできた人ですよ」

野乃吉はそう前置きして、先月十八日のことを語り出す。偽の文に騙されたのは、美晴は吉原の仕事のことで話があるのだろうと早合点《はやがてん》したせいらしい。

「幸か不幸か師走は掛け取りが忙しくて、店に帰るのが遅くなってもごまかせます。あたしは文にあった通り、五ツに亀井町へ行きました」

そこで目にしたのは、亡骸の脇にたたずむ血まみれの美晴だったという。

「地獄絵さながらの有様にあたしは悲鳴を上げかけた。すると、美晴さんが振り返り、あたしの名を呼んだんです」

その瞬間、野乃吉は恐怖のあまり身体中の毛が逆立《さかだ》った。自分を呼び出したのは殺すためかと、美晴に口走ったとか。

「いまとなっては馬鹿馬鹿しいが、あのときはそれしか考えられなくて。美晴さんが二人の男を手にかけたと思い込んでいましたから」

死体のそばに返り血を浴びた人がいれば、誰だってその人が殺したと思うだろう。お照が小さくうなずくと、野乃吉が照れくさそうに鼻をこする。

「お照さんが十手持ちを連れてきたのは、それから間もなくのことでした。本当に地獄に仏だと思いましたよ」

その後、大番屋で十手持ちから「喜三郎と卯平が殺し合った」と教えられ、自分の勘違いを恥じたという。

「そんな勘違いをやらかしても、美晴さんは三国屋に口を利いてくれました。あまつさえ『巻き込んですまないね』と謝ってくれたんです。あたしは一生美晴さんに頭が上がりませんよ」

熱っぽく語る口ぶりからして、野乃吉は美晴の見た目に加え、人柄にも惚れ込んでしまったようだ。お照は口を開きかけ、何も言えずにまた閉じた。

大番頭の話を聞くまでは自分もそう思っていたが……いまはよくわからない。

それでも、美晴をほめる野乃吉を見て、かつて美晴に「看病してやる」と言われたことを思い出す。「あんたの栗飯《くりめし》が一番の好物だ」と言われたことや、心配そうに額に触《ふ》れた美晴の手の温かさも。

野乃吉さんは肝心《かんじん》なことを知らないから……でも、あたしも早合点しているかもしれないね。

喜三郎と美晴が父子であることは事実でも、美晴は大番頭の言い分をすべて認めたわけではない。このままひとりで逃げ出せば、きっと後悔するだろう。

お照はありったけの勇気をかき集め、寮に戻ることにした。

四

お照は寮に着くと、表戸から中に入った。三和土《たたき》に男物の草履《ぞうり》がないことを確かめてから、「ただいま帰りました」と声を張る。

「おや、ずいぶんかかったねぇ」

広小路まで行ったにしても、ここを出たのは昼前である。いまは七ツを過ぎたあたりだろうか。物言いたげな美晴の様子に、お照は「すみません」と頭を下げた。

「途中で野乃吉さんと出くわして、茶店に寄ったもんですから。はい、美晴さんに頼まれた一番高い笹紅です」

何食わぬ顔を装《よそお》って紅猪口と財布を差し出せば、美晴はうつむいたまま両方受け取った。

「……もう、戻ってこないかと思ったよ」

言われた言葉に戸惑《とまど》いながら、「どうしてですか」と問い返す。美晴はくしゃりと顔を歪めた。

「だって、あたしと大番頭の話を聞いていただろう？　あたしが喜三郎の娘と知って、嫌になったんじゃないのかい」

どうやら、お照の盗み聞きはとっくにばれていたようだ。そういえば、「吉原の女郎は襖の向こうの気配に敏《さと》い」と、美晴が前に言っていた。

「ここに戻ってきたのは、あたしの口から話を聞きたいってことだよねぇ」

顔を上げた美晴と目が合い、お照はごくりと唾《つば》を呑《の》む。こっちが何も言わなくとも、今日も美晴はお見通しだ。

隠されていた真実を改めて聞くのは恐ろしい。

だが、自分は抜き差しならないところまで美晴と関わってしまっている。覚悟を決めてうなずいた。

「あんたも物好きだねぇ。たいして面白い話じゃないのに」

ひとつため息をついてから、美晴は言葉を紡《つむ》ぎだす。自分の覚えている一番古い思い出は、羅生門河岸の景色だと。

一切百文《ひときりひゃくもん》の河岸見世で長居をする客はいない。事が終わればすぐ帰り、夜四ツ前には新たな客も来なくなる。美晴の母は最後の客が帰ってから、糊屋《のりや》のばあさんのところにいる娘を迎えに来ていたそうだ。

「あれはあたしが三つ、いや四つになっていたかねぇ。四ツ半（午後十一時）を過ぎてもおっかさんが来ないんで、ばあさんはあたしを連れておっかさんの見世に行ったのさ」

夜ほど明るい吉原だが、さすがに引け四ツ（午前零時）間際《まぎわ》になると、人通りもまばらになる。二畳しかない見世をのぞけば、母はひとりでうずくまっていた。

そして、ばあさんが声をかけると、美晴を見て立ち上がった。

――おまえの父親があたしを裏切ったんだ。ああ、悔しいっ。あんたなんて産むんじゃなかった。

母は激しく泣き叫び、大事にしていた三味線《しゃみせん》を柱に叩《たた》きつけたという。美晴は初めて目にする母の姿が恐ろしくて、ばあさんの着物の裾《すそ》に縋《すが》ってガタガタ震えていたそうだ。

「そのときはおっかさんが何を言っているのか、あたしにはよくわからなかった。いまから話すことの大半は、あたしが大きくなってから糊屋のばあさんに聞いた話さ」

美晴の母は名のある料理屋の娘だったが、火事で店ごと両親が焼け死んだ。ひとり生き残った母は着物の仕立てで暮らしを立てていたらしい。

「おっかさんは美人だったし、仲居《なかい》や女中をしたほうが楽に儲けられたのにねえ。女ひとり身持ちを堅くして生きてきたのに、砧屋の手代に惚れてあたしを身籠《みごも》ったのが運の尽きさ」

喜三郎は母より三つも若く、手代になって間がなかった。二人は「いずれ所帯を持とう」と固く誓い、美晴は父《てて》なし子として生まれたそうだ。

「おっかさんはそのとき二十五だったから、喜三郎が通いになるのを待っていられなかったんだろう。世間に白い目で見られながらも仕立て仕事に精を出し、あたしを育ててくれたらしい」

喜三郎も仕事の合間を縫《ぬ》って母の住む長屋に通っていたが、ある日突然「吉原に身を売ってくれ」と言い出した。

――掛け取りで受け取った金を落としちまった。このままじゃ、金を盗んだことにされて町方に突き出されてしまう。すまないが一年だけ辛抱《しんぼう》してくれないか。その間に金を作り、おまえを必ず身請《みう》けするから。

惚れた相手の懇願《こんがん》に美晴の母は逆らえなかった。断れば、喜三郎に嫌われると思ったのだろう。

「お嬢さん育ちのおっかさんは世間知らずだったのさ。惚れた男に言われるがまま吉原に沈み、騙されたことを知ったらしい」

河岸見世の客が何気なく口にした噂――呉服屋砧屋のひとり娘が喜三郎という名の婿を取ったと耳にして、美晴の母は自分が売られた本当の理由を知ったのだ。砧屋の主人に妻と子がいると知られたら、せっかくの縁談が流れてしまう。喜三郎は邪魔な二人を人知れず吉原に捨てたのだ。

「本当にうまくやったよねぇ。吉原の女郎、特に河岸見世女郎の言うことなんて信じる男はいやしない。一切百文の商売だから、『口より足を開きやがれ』と怒られるのが関の山だ。おまけに大門を出られないから、おっかさんが砧屋に押しかける心配もないんだもの」

それ以来、美晴の母は徐々におかしくなっていったそうだ。

「幼いあたしに『あんたのおとっつぁんは砧屋の娘婿で喜三郎。あたしとおまえを吉原に沈め、奉公先に婿入りした血も涙もない鬼だ』って、病《やまい》で口がきけなくなるまでずっと繰り返していたもんさ」

そこで呼吸《いき》を整えるように、美晴は大きく息を吐く。

大番頭とのやり取りを聞いたときから、そんなことだろうと思っていた。お照は震える手を握りしめ、何とか声を絞り出す。

「じゃあ、旦那様が美晴さんを身請けしたのは……」

「もちろん、あたしが砧屋の旦那に身の上語りをしたせいさ」

河岸見世女郎の多くは、吉原に来て数年で命を落とす。喜三郎は幼い我が子が生き残り、花魁となって現れるとは夢にも思っていなかったろう。

「あたしが生き別れた娘だとわかったとたん、向こうは幽霊でも見るような顔をしていたよ。それからは二人きりになるたび土下座をされて、『必ず身請けするから、他の客には言わないでくれ』と頼まれてねぇ」

三国屋の客ともなれば、砧屋と付き合いのある大店の主人や旗本もいる。さらに喜三郎を慌《あわ》てさせたのは、美晴が父親似だったからだ。

「男と女だから瓜《うり》二つってわけじゃない。それでも、『砧屋喜三郎の娘でありんす』と他の客に訴えりゃ、「もしや」と思われるくらいには似ていたよ。この泣き黒子《ぼくろ》が動かぬ証《あかし》さ」

「……確かに、喜三郎旦那にも泣き黒子はありましたけど」

黒子なんて誰にだってある。

果たしてそんなに似ていたかと血まみれの死に顔を思い出し、お照は眉間《みけん》にしわを寄せる。美晴は小さく噴《ふ》き出した。

「あんたはあの晩、初めて旦那の顔を見たからねぇ。砧屋の御新造はあたしの顔を見るなり、真っ青になって震えていたよ」

吉原にいたときよりも、美晴は薄化粧になっている。喜三郎がお照を避けたのは、美晴とよく似ていると気付かれないためだったとか。

「あたしが旦那との閨《ねや》を匂わせたのもわざとだよ」

喜三郎と寝ていないことを知られたら、二人の仲を詮索《せんさく》される。あえてお照をからかっていたと告げられて、お照は目と口を大きく開いた。

「それじゃ、旦那と美晴さんは……」

「いくら売り物買い物でも、父親と承知で床を共にしたりするもんか。死んだおっかさんにも顔向けできないよ」

では、畜生道に堕ちたわけではなかったのか。一番の悩みが吹き飛んで、お照は「よかった」と呟いた。

「床を共にしない代わりに、『おれが悪かった。卯平にそそのかされたんだ』って言い訳ばかり聞かされてねぇ。こっちが恨みや文句を言う暇なんてありゃしない。あんな女々《めめ》しい男に惚れるなんて、おっかさんも見る目がないよ」

妻子を地獄に堕として砧屋の婿に納まった喜三郎だが、その暮らしは夢見たものとかけ離れていたらしい。お涼との間に子ができなかったこともあり、商い以外は大番頭と親戚が幅を利かせていたそうだ。

「一番癪《しやく》だったのは、砧屋の分家に『種なしの婿養子』と罵《ののし》られたことだとさ。普通は子ができないと、女のほうが責められる。でも、立場の弱い入り婿は逆になるみたいでねぇ。喜三郎はあたしという子がいたから、『子ができないのはお涼のせいだ』と言いたくて仕方がなかったらしい」

いっそ「離縁してもらいたい」と思っても、お涼は承知してくれない。「こんなはずではなかった」と、口癖《くちぐせ》のように言っていたとか。

「卯平は喜三郎が婿入りした後、何かにつけて弟分から金を巻き上げていたらしい。大番頭を説《と》き伏せてあたしを身請けさせたのも、大事な金蔓《かねづる》を守るためさ」

つまり、二人はかつての悪行を隠すために美晴を身請けしたわけか。お照は無言でうなずいた。

「あたしが吉原にいる限り、喜三郎と卯平は枕を高くして寝られない。あたしは大門の外に出てからのほうが何かと心配だったけど」

「どうしてです」

「吉原にいる間、女郎は大事な金蔓だ。見世が守ってくれるけれど、妾になれば守ってくれる人などいないじゃないか。あんたにいつ寝首《ねくび》を掻《か》かれるかと、最初は冷や冷やしていたんだよ」

それまでとは一転、思いがけない打ち明け話にお照は顎《あご》を落としてしまう。出会ったときから親しげに振舞っておきながら、腹の中ではそんなふうに思っていたのか。

「あ、あたしは寝首を掻いたりしませんっ」

「そうだろうなと思ったけど、人は見かけによらないからねぇ」

お照が卯平の意を受けた見張りであることは間違いない。美晴はしばらく様子を見たのち、お照を酔わせてまんまと本音《ほんね》を聞き出した。

結果、卯平の義娘《むすめ》とわかって驚く反面、義父と折り合いが悪いと知り、ひそかにほっとしていたらしい。

「卯平は最初《はな》から間男と無理心中って筋書きだったみたいでねぇ。ところが、あたしの身持ちが堅いせいでなかなか手を出せなかったのさ。大番頭からも『話が違う』と詰め寄られていたみたいだよ」

そう語る口ぶりは楽しげだが、美晴の目は笑っていない。

義父の悪党ぶりに慄《おのの》きながら「どうしてそんなことまで知っているんですか」と尋ねると、「喜三郎に聞いた」と返された。

「じゃあ、旦那様はとっくに美晴さんの味方だったんですか。十八日の企てもあらかじめ知っていたんですね」

それなら卯平が来る前にどうして逃げなかったのか。美晴が妾宅にいなければ、卯平と喜三郎だって殺し合うことはなかったろう。

非難がましい声を上げれば、美晴は首を左右に振る。

「さすがにそこまでは知らなかったよ。恐らく、喜三郎は最後の最後まで迷っていたんじゃないのかねぇ。あたしと卯平のどっちが死ぬと、より都合がいいかって」

美晴は実の父をかけらも信じていないようだ。お照は血にまみれた喜三郎の最期を思い、言い返さずにいられなかった。

「で、でも、旦那様は美晴さんたちを捨てたことを後悔していたんでしょう。だから、美晴さんをかばったんじゃないですか」

「あたしをかばったというよりも、これ以上弱みを握られて、卯平にいいようにされるのが嫌だったんだろう。腐れ縁の相手を道連れに死ぬなんて、あの二人には似合いの最期じゃないか」

　まるでひとごとのように呟いて、赤い唇が弧を描く。かすかに嗤《わら》うその顔は、喜三郎の死に顔と似ているような気がしてきた。

「……そんなふうに思っているなら、どうして砧屋に行ったんです。旦那を恨んでいたのなら、手を合わせるまでもないでしょう」

「そうは言っても一応父親なんだもの。表向き通り『命を助けてくれた恩人に線香を上げたい』と言えば、大番頭が出てきて『妾は駄目だ』と言うからさ。仕方なく、砧屋の御新造に本当のことを伝えたんだよ。だからって、口止め料なんて求めちゃいないんだけどねぇ」

　美晴は不満げに口を尖《とが》らせるが、下心がなかったとは思えない。砧屋に行けばどうなるか、重々承知していたはずである。

「何だい、そんな顔をして。今度の一件の始まりは、砧屋の御新造が喜三郎に惚れたことなんだ。おっかさんも死ぬまであの女を呪っていた。少しは苦しんでもらわないと、おっかさんが浮かばれないよ」

「でも、御新造さんだって」

　喜三郎は美晴の母を裏切ったが、お涼だって裏切られている。お照はそう思ったけれど、口に出すことはしなかった。

美晴さんの立場なら、お涼さんを恨みに思って当然か。美晴さんとおっかさんが吉原で苦しい思いをしていたとき、旦那と楽しく暮らしていたんだもの。

誰かの幸せは、時として誰かの不幸につながっている。お照が気まずく黙り込むと、ややして美晴が口を開いた。

「それで、あんたはどうする気だい」

「えっ」

「融通《ゆうずう》が利かないあんたのことだ。いまの話を聞いて、この先もあたしのそばにいられるかい？」

改めてそんなことを尋ねるのは、やはり美晴が卯平を殺したからか。

とっさに浮かんだ疑いを口に出せるわけもなく、お照は慌てて目をそらした。

どれほど思い悩んでも、時はどんどん過ぎていく。

寮の周りの梅が満開を過ぎ、徐々に可憐な花を減らしていった。

いまでは鶯も慣れた調子で「ホーホケキョ」と高らかにさえずっている。

そして、この辺りは人通りこそ少ないが、牛や馬が迷惑な落とし物をする。お照は寮の周りの掃除をしながら、今日も今後について悩んでいた。

美晴と喜三郎と卯平——三人の間にあった本当のつながりを知ってしまえば、喜三郎と卯平が死んだって同情はできない。

特に、卯平は美晴を殺そうとしたのだから、返り討ちにあって当然だと思う一方、前と少しも変わらない美晴のことが恐ろしい。

旦那は捨てた我が子に負い目がある。美晴さんが卯平を殺しても、自分がやったと言うわよね。

だが、美晴が卯平を殺していたら、喜三郎にもとどめを刺したことにならないか。腹の包丁を引き抜かなければ、金創医の手当てが間に合っていたかもしれないのだ。

あたしをそばに置こうとするのも、信用しているからじゃない。秘密をしゃべらないように見張るためかもしれないわ。

日に日に不安は増すものの、自分は主人殺しの義娘《むすめ》である。他の奉公先を探したところで、まともなところは見つかるまい。

どうして、あたしばっかりこんな目に……あたしが何をしたってのさ。おっかさんが卯平と一緒にならなければ、こんな思いをすることもなかったのに。娘を見捨てて逃げるなんてずるいじゃないの。

そういえば、「おに」と「おや」は少し似ている——と埒《らち》もないことを思ったとき、近くの野っ原からめずらしく男の子の声がした。

「いいか、じいが鬼だぞ」

その言葉に驚いて、お照は声の主《ぬし》を探す。

すると、遠目にもいい着物を着た、五つくらいの子が元気よく走っている。その後ろを白髪《しらが》混じりの年寄りが楽しそうに追いかけていた。

「ほらほら、鬼に捕まりますぞ」

「ふん、じいみたいな年寄りに捕まるもんか」

子供は顔を真っ赤にして、右に左にちょこまか逃げる。お照は掃除の手を止めて、見知らぬ子と年寄りのよくある戯《たわむ》れを眺《なが》めていた。

しかし、普通の鬼ごっこは、数人の子をひとりの鬼が追いかける。一対一ではどうしたって追われるほうの分《ぶ》が悪い。

まして相手は年寄りとは言え、立派な大人だ。子供はほどなくして転んでしまい、血相《けっそう》を変えた年寄りに抱き起こされた。

「坊ちゃん、怪我《けが》をするといけません。鬼ごっこはここまでにいたしましょう」

子供は痛みに顔を歪めたまま、逆らうことなくうなずいた。

根岸は大店の寮が多い。

この子は親と祖父母の見舞いにでも来て、下男に遊んでもらっていたのだろう。手をつないで遠ざかる大小の影を見送るうちに、お照は天からのお告げのごとく新たな考えが閃《ひらめ》いた。

美晴は鬼ヶ島の鬼ではない。

鬼ごっこの鬼だったのだ。

かつて卯平にそそのかされて喜三郎は鬼となり、捕まえた女房と我が子を吉原に捨てた。次いで鬼となった美晴の母は我が子に亭主への恨みを言い聞かせ、鬼を引き継がせて亡くなった。

そして、新たな鬼となった美晴は吉原に来た喜三郎を捕まえた。

再び鬼となった喜三郎は卯平を巻き込み、美晴を殺そうとしたけれど、土壇場《どたんば》で忘れていた親子の情を取り戻したに違いない。去年の師走十八日の晩、身勝手な父親が始めた長くて苦しい鬼ごっこはようやく終わりを告げたのである。

鬼ごっこの鬼は誰かを捕まえると、鬼でなくなる。ただの娘に戻ったいま、美晴が再び鬼になることはないだろう。鬼ごっこはひとりではできない遊びだから。

あたしも身勝手な鬼《おや》がいなくなって、身軽になった。これからは女二人で一花《ひとはな》咲かせてやろうじゃないか。

勢いそんなことを考えて、お照は何だかおかしくなる。

あれほど美晴に怯《おび》え、迷っていたのに、遊ぶ子供を見ただけでこんな考えになるなんて。人の気持ちはちょっとしたきっかけで、ガラリと変わるものらしい。

――あんたがお照で、あたしが美晴。何とも似合いの二人じゃないか。

思えば初めて顔を合わせたときから、二人の縁は分かちがたく結ばれていたのだろう。お照は散り残った梅を見上げ、名残《なごり》の香を胸に吸い込んだ。

注・本書は、月刊『小説NON』（小社発行）令和四年九月号に「その一　疑心暗鬼を生ず」を掲載し、「その二」以降を書下ろして、同年一〇月、小社から四六判で刊行された作品です。

――編集部

一〇〇字書評

吉原と外

切り取り線

購買動機（新聞、雑誌名を記入するか、あるいは○をつけてください）

□（　　　　　　　　　　）	の広告を見て
□（　　　　　　　　　　）	の書評を見て
□ 知人のすすめで	□ タイトルに惹かれて
□ カバーが良かったから	□ 内容が面白そうだから
□ 好きな作家だから	□ 好きな分野の本だから

・最近、最も感銘を受けた作品名をお書き下さい

・あなたのお好きな作家名をお書き下さい

・その他、ご要望がありましたらお書き下さい

住所	〒				
氏名		職業		年齢	
Eメール	※携帯には配信できません	新刊情報等のメール配信を 希望する・しない			

この本の感想を、編集部までお寄せいただけたらありがたく存じます。今後の企画の参考にさせていただきます。Eメールでも結構です。

いただいた「一〇〇字書評」は、新聞・雑誌等に紹介させていただくことがあります。その場合はお礼として特製図書カードを差し上げます。

前ページの原稿用紙に書評をお書きの上、切り取り、左記までお送り下さい。宛先の住所は不要です。

なお、ご記入いただいたお名前、ご住所等は、書評紹介の事前了解、謝礼のお届けのためだけに利用し、そのほかの目的のために利用することはありません。

〒一〇一‐八七〇一
祥伝社文庫編集長　清水寿明
電話　〇三（三二六五）二〇八〇

祥伝社ホームページの「ブックレビュー」からも、書き込めます。
www.shodensha.co.jp/bookreview

祥伝社文庫

吉原《なか》と外《そと》

令和 7 年 3 月 20 日　初版第 1 刷発行

著　者　中島要《なかじまかなめ》

発行者　辻　浩明

発行所　祥伝社《しょうでんしゃ》
東京都千代田区神田神保町 3-3
〒 101-8701
電話　03（3265）2081（販売）
電話　03（3265）2080（編集）
電話　03（3265）3622（製作）
www.shodensha.co.jp

印刷所　TOPPANクロレ
製本所　ナショナル製本
カバーフォーマットデザイン　中原達治

Printed in Japan ©2025, Kaname Nakajima　ISBN978-4-396-35111-3 C0193

祥伝社文庫の好評既刊

あさのあつこ　**人を乞《こ》う**

政の光と影に翻弄された天羽藩上士の子・伊吹藤士郎と異母兄・柘植左京。父の死を乗り越えふたりが選んだ道とは。

あさのあつこ　**にゃん！**　鈴江三万石江戸屋敷見聞帳

町娘のお糸が仕えることなった鈴江三万石の奥方様の正体は——なんと猫⁉　抱腹絶倒、猫まみれの時代小説！

あさのあつこ　**もっと！　にゃん！**　鈴江三万石江戸屋敷見聞帳

町娘のお糸が仕えるのは、鈴江三万石の奥方さま（猫）。四方八方から魔の手が忍び寄り、鈴江の地は大騒ぎ！

宇江佐真理　**十日えびす**　新装版

夫が急逝し、家を追い出された後添えの八重。義娘と引っ越した先には猛女お熊がいて……母と義娘の人情時代小説。

宇江佐真理　**ほら吹き茂平**　なくて七癖あって四十八癖　新装版

うそも方便、厄介ごとはほらで笑ってやりすごす。懸命に真っ当に生きる家族を描く豊穣の時代小説。

宇江佐真理　**高砂《たかさご》**　なくて七癖あって四十八癖　新装版

倖せの感じ方は十人十色。夫婦の有り様も様々。懸命に生きる男と女の縁《えにし》を描く、心に沁《し》み入る珠玉の人情時代。